泰戈尔诗集

新月集·飞鸟集

〔印〕泰戈尔 著

郑振铎 译

商务印书馆
The Commercial Press
始于1897

汉译世界文学名著丛书
出版说明

　　1902年，我馆筹组编译所之初，即广邀名家，如梁启超、林纾等，翻译出版外国文学名著，风靡一时；其后策划多种文学翻译系列丛书，如"说部丛书""林译小说丛书""世界文学名著""英汉对照名家小说选"等，接踵刊行，影响甚巨。从此，文学翻译成为我馆不可或缺的出版方向，百余年来，未尝间断。2021年，正值"汉译世界学术名著丛书"出版40周年之际，我馆规划出版"汉译世界文学名著丛书"，赓续传统，立足当下，面向未来，为读者系统提供世界文学佳作。

　　本丛书的出版主旨，大凡有三：一是不论作品所出的民族、区域、国家、语言，不论体裁所属之诗歌、小说、戏剧、散文、传记，只要是历史上确有定评的经典，皆在本丛书收录之列，力求名作无遗，诸体皆备；二是不论译者的背景、资历、出身、年龄，只要其翻译质量合乎我馆要求，皆在本丛书收录之列，力求译笔精当，抉发文心；三是不论需要何种付出，我馆必以一贯之定力与努力，长期经营，积以时日，力求成就一套完整呈现世界文学经典全貌的汉译精品丛书。我们衷心期待各界朋友推荐佳作，携稿来归，批评指教，共襄盛举。

商务印书馆编辑部

2021年8月

目　　录

新月集 / *1*

译序一 / *3*

译序二 / *6*

家庭 / *7*

海边 / *8*

来源 / *10*

孩童之道 / *11*

不被注意的花饰 / *13*

偷睡眠者 / *15*

开始 / *17*

孩子的世界 / *19*

时候与原因 / *20*

责备 / *21*

审判官 / *23*

玩具 / *24*

天文家 / *25*

云与波 / 27

金色花 / 29

仙人世界 / 31

流放的地方 / 33

雨天 / 35

纸船 / 37

水手 / 38

对岸 / 40

花的学校 / 42

商人 / 44

同情 / 46

职业 / 47

长者 / 49

小大人 / 51

十二点钟 / 53

著作家 / 54

恶邮差 / 56

英雄 / 58

告别 / 61

召唤 / 63

第一次的茉莉 / 64

榕树 / 65

祝福 / 66

赠品 / *67*

我的歌 / *68*

孩子天使 / *69*

最后的买卖 / *70*

飞鸟集 / *73*

代序 许钧 / *75*

泰戈尔其他诗集（选译） / *155*

园丁集 / *157*

爱者之贻 / *165*

歧路 / *176*

吉檀迦利 / *179*

世纪末日 / *186*

新月集

译　序　一

　　我对于泰戈尔诗最初发生浓厚的兴趣，是在第一次读《新月集》的时候。那时离现在将近五年，许地山君坐在我家的客厅里，长发垂到两肩，在黄昏的微光中对我谈到泰戈尔的事。他说，他在缅甸时，看到泰戈尔的画像，又听人讲到他，便买了他的诗集来读。过了几天，我到许地山君的宿舍里去。他说："我拿一本泰戈尔的诗选送给你。"他便到书架上去找那本诗集。我立在窗前，四围静悄悄的，只有水池中喷泉的潺潺的声音。我很寂静的在等候读那美丽的书。他不久便从书架上取下很小的一本绿纸面的书来，他说："这是一个日本人选的泰戈尔诗，你先拿去看看。泰戈尔不多几时前曾到过日本。"我坐了车回家，在归途中，借着新月与市灯的微光，约略的把它翻看了一遍。最使我喜欢的是它当中所选的几首《新月集》的诗。那一夜，在灯下又看了一次。第二天，地山见我时，问道："你最喜欢哪几首？"我说："《新月集》的几首。"他隔了几天，又拿了一本很美丽的书给我，他说："这就是《新月集》。"从那时后，《新月集》便常在我的书桌上；直到现在，我还时时把它翻开来读。

我译《新月集》也是受地山君的鼓励。有一天，他把他所译的《吉檀迦利》的几首诗给我看，都是用古文译的。我说："译得很好，但似乎太古奥了。"他说："这一类的诗，应该用古奥的文体译。至于《新月集》，却又须用新妍流畅的文字译。我想译《吉檀迦利》，你为何不译《新月集》呢？"于是我与他约，我们同时动手译这两部书。此后二年中，他的《吉檀迦利》固未译成，我的《新月集》，也时译时辍。直至《小说月报》改革后，我才把自己所译的《新月集》在它上面发表了几首。地山译的《吉檀迦利》却始终没有再译下去，已译的几首，也始终不肯拿出来发表。许多朋友却时时的催我把这个工作做完。那时我正有选译泰戈尔诗的计划，便一方面把旧译稿整理一下，一方面又新译了八九首出来；结果便成了现在的这个译本。

我喜欢《新月集》，如我之喜欢安徒生的童话。安徒生的文字美丽而富有诗趣。他有一种不可测的魔力，能把我们带到美丽和平的花的世界、虫的世界、人鱼的世界里去；能使我们随了他走进有静的方池的绿水、有美的挂在黄昏的天空的雨后弧虹等等的天国里去。《新月集》也具有这种不可测的魔力。它把我们从怀疑、贪婪的罪恶的世界，带到秀嫩天真的儿童的新月之国里去。它能使我们重复回到坐在泥土里以枯枝断梗为戏的时代；它能使我们在心里重温着在海滨以贝壳为餐具、以落叶为舟、以绿草上的露点为圆珠的儿童的梦。总之，我们只要一翻开它来，便立刻如得到两只有魔术的翼翅，可以使自己飞翔到美静天真的儿童国里去。而这个儿童的天国便是作者的一个理想国。

我应该向许地山君表示谢意；他除了鼓励我以外，在这个译本写好时，还曾为我校读了一次。

一九二三年八月二十二日

译　序　二

　　我在一九二三年的时候，曾把泰戈尔的《新月集》译为中文出版。但在那个译本里，并没有把这部诗集完全译出，这部诗集的英文本共有诗四十首，我只译出了三十一首。现在把我的译本重行校读了一下，重译并改正了不少地方，同时，并把没有译出的九首也补译了出来。这可算是《新月集》的一部比较完整的译本了。

　　应该在这里谢谢孙家晋同志，他花了好几天的工夫，把我的译文仔细的校读了一遍，有好几个地方是采用了他的译法的。

一九五四年八月六日

家　　庭

　　我独自在横跨过田地的路上走着，夕阳像一个守财奴似的，正藏起它的最后的金子。

　　白昼更加深沉地没入黑暗之中，那已经收割了的孤寂的田地，默默地躺在那里。

　　天空里突然升起了一个男孩子的尖锐的歌声。他穿过看不见的黑暗，留下他的歌声的辙痕跨过黄昏的静谧。

　　他的乡村的家坐落在荒凉的土地的边上，在甘蔗田的后面，躲藏在香蕉树、瘦长的槟榔树、椰子树和深绿色的贾克果树的阴影里。

　　我在星光下独自走着的路上停留了一会，我看见黑沉沉的大地展开在我的面前，用她的手臂拥抱着无量数的家庭，在那些家庭里有着摇篮和床铺，母亲们的心和夜晚的灯，还有年轻轻的生命，他们满心欢乐，却浑然不知这样的欢乐对于世界的价值。

海　边

孩子们会集在无边无际的世界的海边。

无垠的天穹静止的临于头上，不息的海水在足下汹涌。
孩子们会集在无边无际的世界的海边，叫着，跳着。

他们拿沙来建筑房屋，拿空贝壳来做游戏。他们把落叶
编成了船，笑嘻嘻地把它们放到大海上。孩子们在世界的海
边，做他们的游戏。

他们不知道怎样泅水，他们不知道怎样撒网。采珠的人
为了珠潜水，商人在他们的船上航行，孩子们却只把小圆石
聚了又散。他们不搜求宝藏；他们不知道怎样撒网。

大海哗笑着涌起波浪，而海滩的微笑荡漾着淡淡的光芒。
致人死命的波涛，对着孩子们唱无意义的歌曲，就像一个母
亲在摇动她孩子的摇篮时一样。大海和孩子们一同游戏，而
海滩的微笑荡漾着淡淡的光芒。

孩子们会集在无边无际的世界的海边。狂风暴雨飘游在
无辙迹的天空上，航船沉碎在无辙迹的海水里，死正在外面

活动，孩子们却在游戏。在无边无际的世界的海边，孩子们大会集着。

来　源

　　流泛在孩子两眼的睡眠——有谁知道它是从什么地方来的？是的，有个谣传，说它是住在萤火虫朦胧的照耀着林荫的仙村里，在那个地方，挂着两个迷人的惬怯的蓓蕾。它便是从那个地方来吻孩子的两眼的。

　　当孩子睡时，在他唇上浮动着的微笑——有谁知道它是从什么地方生出来的？是的，有个谣传，说新月的一线年轻的清光，触着将消未消的秋云边上，于是微笑便初生在一个浴在清露里的早晨的梦中了。——当孩子睡时，微笑便在他的唇上浮动着。

　　甜蜜柔嫩的新鲜生气，像花一般的在孩子的四肢上开放着——有谁知道它在什么地方藏得这样久？是的，当妈妈还是一个少女的时候，它已在爱的温柔而沉静的神秘中，潜伏在她的心里了。——甜蜜柔嫩的新鲜生气，像花一般的在孩子的四肢上开放着。

孩 童 之 道

只要孩子愿意，他此刻便可飞上天去。

他所以不离开我们，并不是没有缘故。

他爱把他的头倚在妈妈的胸间，他即使是一刻不见她，也是不行的。

孩子知道各式各样的聪明话，虽然世间的人很少懂得这些话的意义。

他所以永不想说，并不是没有缘故。

他所要做的一件事，就是要学习从妈妈的嘴唇里说出来的话。那就是他所以看来这样天真的缘故。

孩子有成堆的黄金与珠子，但他到这个世界上来，却像一个乞丐。

他所以这样假装了来，并不是没有缘故。

这个可爱的小小的裸着身体的乞丐，所以假装着完全无助的样子，便是想要乞求妈妈的爱的财富。

孩子在纤小的新月的世界里，是一切束缚都没有的。

他所以放弃了他的自由，并不是没有缘故。

他知道有无穷的快乐藏在妈妈的心的小小一隅里，被妈妈亲爱的手臂所拥抱，其甜美远胜过自由。

孩子永不知道如何哭泣。他所住的是完全的乐土。他所以要流泪，并不是没有缘故。

虽然他用了可爱的脸儿上的微笑，引逗得他妈妈的热切的心向着他，然而他的因为细故而发的小小的哭声，却编成了怜与爱的双重约束的带子。

不被注意的花饰

啊，谁给那件小外衫染上颜色的，我的孩子？谁使你的温软的肢体穿上那件红的小外衫的？

你在早晨就跑出来到天井里玩儿，你，跑着就像摇摇欲跌似的。

但是谁给那件小外衫染上颜色的，我的孩子？

什么事叫你大笑起来的，我的小小的命芽儿？

妈妈站在门边，微笑地望着你。

她拍着她的双手，她的手镯叮当地响着，你手里拿着你的竹竿儿在跳舞，活像一个小小的牧童。

但是什么事叫你大笑起来的，我的小小的命芽儿？

喔，乞丐，你双手攀搂住妈妈的头颈，要乞讨些什么？

喔，贪得无厌的心，要我把整个世界从天上摘下来，像摘一个果子似的，把它放在你的一双小小的玫瑰色的手掌上么？

喔，乞丐，你要乞讨些什么？

风高兴地带走了你踝铃的叮当。

太阳微笑着，望着你的打扮。

当你睡在你妈妈的臂弯里时，天空在上面望着你，而早晨蹑手蹑脚地走到你的床跟前，吻着你的双眼。

风高兴地带走了你踝铃的叮当。

仙乡里的梦婆飞过朦胧的天空，向你飞来。

在你妈妈的心头上，那世界母亲，正和你坐在一块儿。

他，向星星奏乐的人，正拿着他的横笛，站在你的窗边。

仙乡里的梦婆飞过朦胧的天空，向你飞来。

偷 睡 眠 者

谁从孩子的眼里把睡眠偷了去呢？我一定要知道。

妈妈把她的水罐挟在腰间，走到近村汲水去了。

这是正午的时候。孩子们游戏的时间已经过去了；池中的鸭子沉默无声。

牧童躺在榕树的荫下睡着了。

白鹤庄重而安静地立在檬果树边的泥泽里。

就在这个时候，偷睡眠者跑来从孩子的两眼里捉住睡眠，便飞去了。

当妈妈回来时，她看见孩子四肢着地地在屋里爬着。

谁从孩子的眼里把睡眠偷了去呢？我一定要知道。我一定要找到她，把她锁起来。

我一定要向那个黑洞里张望。在这个洞里，有一道小泉从圆的和有皱纹的石上滴下来。

我一定要到醉花[1]林中的沉寂的树影里搜寻，在这林中，鸽子在它们住的地方咕咕地叫着，仙女的脚环在繁星满天的静夜里叮当地响着。

我要在黄昏时，向静静的萧萧的竹林里窥望，在这林中，萤火虫闪闪地耗费它们的光明，只要遇见一个人，我便要问他："谁能告诉我偷睡眠者住在什么地方？"

　　谁从孩子的眼里把睡眠偷了去呢？我一定要知道。

　　只要我能捉住她，怕不会给她一顿好教训！

　　我要闯入她的巢穴，看她把所有偷来的睡眠藏在什么地方。

　　我要把它都夺来，带回家去。

　　我要把她的双翼缚得紧紧的，把她放在河边，然后叫她拿一根芦苇在灯心草和睡莲间钓鱼为戏。

　　黄昏，街上已经收了市，村里的孩子们都坐在妈妈的膝上时，夜鸟便会讥笑地在她耳边说："你现在还想偷谁的睡眠呢？"

注释：

1　醉花（Bakula），学名 Mimusops Elengi。印度传说美女口中吐出香液，此花始开。

开　始

"我是从哪儿来的，你，在哪儿把我捡起来的？"孩子问他的妈妈说。

她把孩子紧紧地搂在胸前，半哭半笑地答道——

"你曾被我当作心愿藏在我的心里，我的宝贝。

"你曾存在于我孩童时代玩的泥娃娃身上；每天早晨我用泥土塑造我的神像，那时我反复地塑了又捏碎了的就是你。

"你曾和我们的家庭守护神一同受到祀奉，我崇拜家神时也就崇拜了你。

"你曾活在我所有的希望和爱情里，活在我的生命里，我母亲的生命里。

"在主宰着我们家庭的不死的精灵的膝上，你已经被抚育了好多代了。

"当我做女孩子的时候，我的心的花瓣儿张开，你就像一股花香似的散发出来。

"你的软软的温柔，在我青春的肢体上开花了，像太阳出来之前的天空上的一片曙光。

"上天的第一宠儿，晨曦的孪生兄弟，你从世界的生命的溪流浮泛而下，终于停泊在我的心头。

"当我凝视你的脸蛋儿的时候，神秘之感湮没了我；你这属于一切人的，竟成了我的。

"为了怕失掉你，我把你紧紧地搂在胸前。是什么魔术把这世界的宝贝引到我这双纤小的手臂里来的呢？"

孩子的世界

我愿我能在我孩子自己的世界的中心，占一角清净地。

我知道有星星同他说话，天空也在他面前垂下，用它傻傻的云朵和彩虹来娱悦他。

那些大家以为他是哑的人，那些看去像是永不会走动的人，都带了他们的故事，捧了满装着五颜六色的玩具的盘子，匍匐地来到他的窗前。

我愿我能在横过孩子心中的道路上游行，解脱了一切的束缚；

在那儿，使者奉了无所谓的使命奔走于无史的诸王的王国间；

在那儿，理智以她的法律造为纸鸢而飞放，真理也使事实从桎梏中自由了。

时候与原因

当我给你五颜六色的玩具的时候，我的孩子，我明白了为什么云上水上是这样的色彩缤纷，为什么花朵上染上绚烂的颜色的原因了——当我给你五颜六色的玩具的时候，我的孩子。

当我唱着使你跳舞的时候，我真的知道了为什么树叶儿响着音乐，为什么波浪把它们的合唱的声音送进静听着的大地的心头的原因了——当我唱着使你跳舞的时候。

当我把糖果送到你贪得无厌的双手上的时候，我知道了为什么在花萼里会有蜜，为什么水果里会秘密地充溢了甜汁的原因了——当我把糖果送到你贪得无厌的双手上的时候。

当我吻着你的脸蛋儿叫你微笑的时候，我的宝贝，我的确明白了在晨光里从天上流下来的是什么样的快乐，而夏天的微飔吹拂在我的身体上的又是什么样的爽快——当我吻着你的脸蛋儿叫你微笑的时候。

责　备

为什么你眼里有了眼泪，我的孩子？

他们真是可怕，常常无谓地责备你！

你写字时墨水玷污了你的手和脸——这就是他们所以骂你龌龊的缘故么？

呵，呸！他们也敢因为圆圆的月儿用墨水涂了脸，便骂它龌龊么？

他们总要为了每一件小事去责备你，我的孩子。他们总是无谓地寻人错处。

你游戏时扯破了你的衣服——这就是他们所以说你不整洁的缘故么？

呵，呸！秋之晨从它的破碎的云衣中露出微笑，那么，他们要叫它什么呢？

他们对你说什么话，尽管可以不去理睬他，我的孩子。

他们把你做错的事长长地记了一笔账。

谁都知道你是十分喜欢糖果的——这就是他们所以称你

做贪婪的缘故么?

呵，呸!我们是喜欢你的，那么，他们要叫我们什么呢?

审 判 官

你想说他什么尽管说罢，但是我知道我孩子的短处。

我爱他并不因为他好，只是因为他是我的小小的孩子。

你如果把他的好处与坏处两两相权一下，恐怕你就会知道他是如何的可爱罢？

当我必须责罚他的时候，他更成为我的生命的一部分了。

当我使他眼泪流出时，我的心也和他同哭了。

只有我才有权去骂他，去责罚他，因为只有热爱人的才可以惩戒人。

玩　具

孩子，你真是快活呀，一早晨坐在泥土里，耍着折下来的小树枝儿。

我微笑地看你在那里耍着那根折下来的小树枝儿。

我正忙着算账，一小时一小时在那里加叠数字。

也许你在看我，想道："这种好没趣的游戏，竟把你的一早晨的好时间浪费掉了！"

孩子，我忘了聚精会神玩耍树枝与泥饼的方法了。

我寻求贵重的玩具，收集金块与银块。

你呢，无论找到什么便去做你的快乐的游戏；我呢，却把我的时间与力气都浪费在那些我永不能得到的东西上。

我在我的脆薄的独木船里挣扎着要航过欲望之海，竟忘了我也是在那里做游戏了。

天 文 家

我不过说："当傍晚圆圆的满月挂在迦昙波[1]的枝头时，有人能去捉住它么？"

哥哥却对我笑道："孩子呀，你真是我所见到的顶顶傻的孩子。月亮离我们这样远，谁能去捉住它呢？"

我说："哥哥，你真傻！当妈妈向窗外探望，微笑着往下看我们游戏时，你也能说她远么？"

哥哥还是说："你这个傻孩子！但是，孩子，你到哪里去找一个大得能逮住月亮的网呢？"

我说："你自然可以用双手去捉住它呀。"

但是哥哥还是笑着说："你真是我所见到的顶顶傻的孩子！如果月亮走近了，你便知道它是多么大了。"

我说："哥哥，你们学校里所教的，真是没有用呀！当妈妈低下脸儿跟我们亲嘴时，她的脸看来也是很大的么？"

但是哥哥还是说："你真是一个傻孩子。"

注释:

1 迦昙波，原名 Kadam，亦作 Kadamba，学名 Namlea Cadamba，意
   译"白花"，即昙花。

云 与 波

妈妈，住在云端的人对我唤道——

"我们从醒的时候游戏到白日终止。我们与黄金色的曙光游戏，我们与银白色的月亮游戏。"

我问道："但是，我怎么能够上你那里去呢？"

他们答道："你到地球的边上来，举手向天，就可以被接到云端里来了。"

"我妈妈在家里等我呢，"我说，"我怎么能离开她而来呢？"

于是他们微笑着浮游而去。

但是我知道一件比这个更好的游戏，妈妈。

我做云，你做月亮。

我用两只手遮盖你，我们的屋顶就是青碧的天空。

住在波浪上的人对我唤道——

"我们从早晨唱歌到晚上；我们前进前进地旅行，也不知我们所经过的是什么地方。"

我问道："但是，我怎么能加入你们队伍里去呢？"

他们告诉我说:"来到岸旁,站在那里,紧闭你的两眼,你就被带到波浪上来了。"

我说:"傍晚的时候,我妈妈常要我在家里——我怎么能离开她而去呢?"

于是他们微笑着,跳舞着奔流过去。

但是我知道一件比这个更好的游戏。

我是波浪,你是陌生的岸。

我奔流而进,进,进,笑哈哈地撞碎在你的膝上。

世界上就没有一个人会知道我们俩在什么地方。

金 色 花

假如我变了一朵金色花[1]，只是为了好玩，长在那棵树的高枝上，笑哈哈地在风中摇摆，又在新生的树叶上跳舞，妈妈，你会认识我么？

你要是叫道："孩子，你在哪里呀？"我暗暗地在那里匿笑，却一声儿不响。

我要悄悄地开放花瓣儿，看着你工作。

当你沐浴后，湿发披在两肩，穿过金色花的林荫，走到你做祷告的小庭院时，你会嗅到这花的香气，却不知道这香气是从我身上来的。

当你吃过中饭，坐在窗前读《罗摩衍那》[2]，那棵树的阴影落在你的头发与膝上时，我便要投我的小小的影子在你的书页上，正投在你所读的地方。

但是你会猜得出这就是你的小孩子的小影子么？

当你黄昏时拿了灯到牛棚里去，我便要突然地再落到地上来，又成了你的孩子，求你讲个故事给我听。

"你到哪里去了，你这坏孩子？"

"我不告诉你，妈妈。"这就是你同我那时所要说的话了。

注释:

1 金色花，原名 Champa，亦作 Champak，学名 Michelia Champaca，印度圣树，木兰花属植物，开金黄色碎花。译名亦作"瞻波伽"或"占博迦"。

2 《罗摩衍那》(*Rāmāyaṇa*) 为印度叙事诗，相传系蚁蛭 (Valmiki) 所作。今传本形式约为公元二世纪间所形成。全书分为七卷，共二万四千颂，皆系叙述罗摩生平之作。罗摩即罗摩犍陀罗，十车王之子，悉多之夫。他于第二世 (Treta yaga[①]) 入世，为毗湿奴神第七化身。印人看他为英雄，有崇拜他如神的。

———————————

① 编者注：此为译者原注释，现查无此词。现为 Treta Yuga。

仙人世界

如果人们知道了我的国王的宫殿在哪里，它就会消失在空气中的。

墙壁是白色的银，屋顶是耀眼的黄金。

皇后住在有七个庭院的宫苑里；她戴的一串珠宝，值得整整七个王国的全部财富。

不过，让我悄悄地告诉你，妈妈，我的国王的宫殿究竟在哪里。

它就在我们阳台的角上，在那栽着杜尔茜花的花盆放着的地方。

公主躺在远远的隔着七个不可逾越的重洋的那一岸沉睡着。

除了我自己，世界上便没有人能够找到她。

她臂上有镯子，她耳上挂着珍珠；她的头发拖到地板上。

当我用我的魔杖点触她的时候，她就会醒过来；而当她微笑时，珠玉将会从她唇边落下来。

不过，让我在你的耳朵边悄悄地告诉你，妈妈；她就住在我们阳台的角上，在那栽着杜尔茜花的花盆放着的地方。

当你要到河里洗澡的时候，你走上屋顶的那座阳台来罢。

我就坐在墙的阴影所聚会的一个角落里。

我只让小猫儿跟我在一起，因为它知道那故事里的理发匠住的地方。

不过，让我在你的耳朵边悄悄地告诉你，那故事里的理发匠到底住在哪里。

他住的地方，就在阳台的角上，在那栽着杜尔茜花的花盆放着的地方。

流 放 的 地 方

妈妈，天空上的光成了灰色了；我不知道是什么时候了。

我玩得怪没劲儿的，所以到你这里来了。这是星期六，是我们的休息日。

放下你的活计，妈妈；坐在靠窗的一边，告诉我童话里的特潘塔沙漠在什么地方？

雨的影子遮掩了整个白天。

凶猛的电光用它的爪子抓着天空。

当乌云在轰轰地响着，天打着雷的时候，我总爱心里带着恐惧爬伏到你的身上。

当大雨倾泻在竹叶子上好几个钟头，而我们的窗户为狂风震得格格发响的时候，我就爱独自和你坐在屋里，妈妈，听你讲童话里的特潘塔沙漠的故事。

它在哪里，妈妈？在哪一个海洋的岸上？在哪些个山峰的脚下？在哪一个国王的国土里？

田地上没有此疆彼壤的界石，也没有村人在黄昏时走回家的，或妇人在树林里捡拾枯枝而捆载到市场上去的道路。

沙地上只有一小块一小块的黄色草地，只有一株树，就是那一对聪明的老鸟儿在那里做窝的，那个地方就是特潘塔沙漠。

我能够想象得到，就在这样一个乌云密布的日子，国王的年轻的儿子，怎样地独自骑着一匹灰色马，走过这个沙漠，去寻找那被囚禁在不可知的重洋之外的巨人宫里的公主。

当雨雾在遥远的天空下降，电光像一阵突然发作的痛楚的痉挛似的闪射的时候，他可记得他的不幸的母亲，为国王所弃，正在扫除牛棚，眼里流着眼泪，当他骑马走过童话里的特潘塔沙漠的时候？

看，妈妈，一天还没有完，天色就差不多黑了，那边村庄的路上没有什么旅客了。

牧童早就从牧场上回家了，人们都已从田地里回来，坐在他们草屋的檐下的草席上，眼望着阴沉的云块。

妈妈，我把我所有的书本都放在书架上了——不要叫我现在做功课。

当我长大了，大得像爸爸一样的时候，我将会学到必须学到的东西的。

但是，今天你可得告诉我，妈妈，童话里的特潘塔沙漠在什么地方？

雨　天

乌云很快地集拢在森林的黝黑的边缘上。

孩上，不要出去呀！

湖边的一行棕树，向暝暗的天空撞着头；羽毛零乱的乌鸦，静悄悄地栖在罗望子的枝上，河的东岸正被乌沉沉的暝色所侵袭。

我们的牛系在篱上，高声鸣叫。

孩子，在这里等着，等我先把牛牵进牛棚里去。

许多人都挤在池水泛溢的田间，捉那从泛溢的池中逃出来的鱼儿；雨水成了小河，流过狭弄，好像一个嬉笑的孩子从他妈妈那里跑开，故意要恼她一样。

听呀，有人在浅滩上喊船夫呢。

孩子，天色暝暗了，渡头的摆渡船已经停了。

天空好像是在滂沱的雨上快跑着；河里的水喧叫而且暴躁；妇人们早已拿着汲满了水的水罐，从恒河畔匆匆地回家了。

夜里用的灯，一定要预备好。

孩子，不要出去呀！

到市场去的大道已没有人走，到河边去的小路又很滑。风在竹林里咆哮着，挣扎着，好像一只落在网中的野兽。

纸　　船

我每天把纸船一个个放在急流的溪中。

我用大黑字写我的名字和我住的村名在纸船上。

我希望住在异地的人会得到这纸船，知道我是谁。

我把园中长的秀利花载在我的小船上，希望这些黎明开的花能在夜里平平安安地带到岸上。

我投我的纸船到水里，仰望天空，看见小朵的云正张着满鼓着风的白帆。

我不知道天上有我的什么游伴把这些船放下来同我的船比赛！

夜来了，我的脸埋在手臂里，梦见我的纸船在子夜的星光下缓缓地浮泛前去。

睡仙坐在船里，带着满载着梦的篮子。

水　手

船夫曼特胡的船只停泊在拉琪根琪码头。

这只船无用地装载着黄麻，无所事事地停泊在那里已经好久了。

只要他肯把他的船借给我，我就给它安装一百只桨，扬起五个或六个或七个布帆来。

我决不把它驾驶到愚蠢的市场上去。

我将航行遍仙人世界里的七个大海和十三条河道。

但是，妈妈，你不要躲在角落里为我哭泣。

我不会像罗摩犍陀罗[1]似的，到森林中去，一去十四年才回来。

我将成为故事中的王子，把我的船装满了我所喜欢的东西。

我将带我的朋友阿细和我作伴。我们要快快乐乐地航行于仙人世界里的七个大海和十三条河道。

我将在绝早的晨光里张帆航行。

中午，你正在池塘里洗澡的时候，我们将在一个陌生的国王的国土上了。

我们将经过特浦尼浅滩，把特潘塔沙漠抛落在我们的后边。

当我们回来的时候，天色快黑了，我将告诉你我们所见到的一切。

我将越过仙人世界里的七个大海和十三条河道。

注释：

1 罗摩犍陀罗即罗摩。他是印度叙事诗《罗摩衍那》中的主角。为了尊重父亲的诺言和维持弟兄间的友爱，他抛弃了继承王位的权利，和妻子悉多在森林中被放逐了十四年。

对　岸

我渴想到河的对岸去，

在那边，好些船只一行儿系在竹竿上；

人们在早晨乘船渡过那边去，肩上扛着犁头，去耕耘他们的远处的田；

在那边，牧人使他们鸣叫着的牛游泳到河旁的牧场去；

黄昏的时候，他们都回家了，只留下豺狼在这满长着野草的岛上哀叫。

妈妈，如果你不在意，我长大的时候，要做这渡船的船夫。

据说有好些古怪的池塘藏在这个高岸之后。

雨过去了，一群一群的野鹜飞到那里去，茂盛的芦苇在岸边四围生长，水鸟在那里生蛋；

竹鸡带着跳舞的尾巴，将它们细小的足印印在洁净的软泥上；

黄昏的时候，长草顶着白花，邀月光在长草的波浪上浮游。

妈妈，如果你不在意，我长大的时候，要做这渡船的船夫。

我要自此岸至彼岸，渡过来，渡过去，所有村中正在那儿沐浴的男孩女孩，都要诧异地望着我。

太阳升到中天，早晨变为正午了，我将跑到你那里去，说道："妈妈，我饿了！"

一天完了，影子俯伏在树底下，我便要在黄昏中回家来。

我将永不同爸爸那样，离开你到城里去做事。

妈妈，如果你不在意，我长大的时候，要做这渡船的船夫。

花 的 学 校

当雷云在天上轰响，六月的阵雨落下的时候，润湿的东风走过荒野，在竹林中吹着口笛。

于是一群一群的花从无人知道的地方突然跑出来，在绿草上狂欢地跳着舞。

妈妈，我真的觉得那群花朵是在地下的学校里上学。

他们关了门做功课，如果他们想在散学以前出来游戏，他们的老师是要罚他们站壁角的。

雨一来，他们便放假了。

树枝在林中互相碰触着，绿叶在狂风里萧萧地响着，雷云拍着大手，花孩子们便在那时候穿了紫的、黄的、白的衣裳，冲了出来。

你可知道，妈妈，他们的家是在天上，在星星所住的地方。

你没有看见他们怎样地急着要到那儿去么？你不知道他们为什么那样急急忙忙么？

我自然能够猜得出他们是对谁扬起双臂来：他们也有他们的妈妈，就像我有我自己的妈妈一样。

商　人

妈妈，让我们想象，你待在家里，我到异邦去旅行。

再想象，我的船已经装得满满的在码头上等候启碇了。

现在，妈妈，好生想一想再告诉我，回来的时候我要带些什么给你。

妈妈，你要一堆一堆的黄金么？

在金河的两岸，田野里全是金色的稻实。

在林荫的路上，金色花也一朵一朵地落在地上。

我要为你把它们全都收拾起来，放在好几百个篮子里。

妈妈，你要秋天的雨点一般大的珍珠么？

我要渡海到珍珠岛的岸上去。

那个地方，在清晨的曙光里，珠子在草地的野花上颤动，珠子落在绿草上，珠子被汹狂的海浪一大把一大把地撒在沙滩上。

我的哥哥呢，我要送他一对有翼的马，会在云端飞翔的。

爸爸呢，我要带一支有魔力的笔给他，他还没有觉得，笔就写出字来了。

你呢，妈妈，我一定要把那个值七个王国的首饰箱和珠宝送给你。

同　情

如果我只是一只小狗，而不是你的小孩，亲爱的妈妈，当我想吃你的盘里的东西时，你要向我说"不"么？

你要赶开我，对我说道，"滚开，你这淘气的小狗"么？

那么，走罢，妈妈，走罢！当你叫唤我的时候，我就永不到你那里去，也永不要你再喂我吃东西了。

如果我只是一只绿色的小鹦鹉，而不是你的小孩，亲爱的妈妈，你要把我紧紧地锁住，怕我飞走么？

你要对我摇你的手，说道，"怎样的一只不知感恩的贱鸟呀！整日整夜地尽在咬它的链子"么？

那么，走罢，妈妈，走罢！我要跑到树林里去；我就永不再让你抱我在你的臂里了。

职　　业

早晨，钟敲十下的时候，我沿着我们的小巷到学校去，

每天我都遇见那个小贩，他叫道："镯子呀，亮晶晶的镯子！"

他没有什么事情急着要做，他没有哪条街一定要走，他没有什么地方一定要去，他没有什么时间一定要回家。

我愿意我是一个小贩，在街上过日子，叫着："镯子呀，亮晶晶的镯子！"

下午四点，我从学校里回家。

从一家门口，我看得见一个园丁在那里掘地。

他用他的锄子，要怎么掘，便怎么掘，他被尘土污了衣裳，如果他被太阳晒黑了或是身上被打湿了，都没有人骂他。

我愿意我是一个园丁，在花园里掘地，谁也不来阻止我。

天色刚黑，妈妈就送我上床，

从开着的窗口，我看得见更夫走来走去。

小巷又黑又冷清，路灯立在那里，像一个头上生着一只

红眼睛的巨人。

　　更夫摇着他的提灯，跟他身边的影子一起走着，他一生一次都没有上床去过。

　　我愿意我是一个更夫，整夜在街上走，提了灯去追逐影子。

长　者

妈妈，你的孩子真傻！她是那么可笑地不懂事！

她不知道路灯和星星的分别。

当我们玩着把小石子当食物的游戏时，她便以为它们真是吃的东西，竟想放进嘴里去。

当我翻开一本书，放在她面前，要她读 a，b，c 时，她却用手把书页撕了，无端快活地叫起来；你的孩子就是这样做功课的。

当我生气地对她摇头，骂她，说她顽皮时，她却哈哈大笑，以为很有趣。

谁都知道爸爸不在家，但是，如果我在游戏时高叫一声"爸爸"，她便要高兴的四面张望，以为爸爸真是近在身边。

当我把洗衣人带来载衣服回去的驴子当作学生，并且警告她说，我是老师，她却无缘无故地乱叫起我哥哥来。

你的孩子要捉月亮。她是这样的可笑；她把格尼许[1]唤作琪奴许。

妈妈，你的孩子真傻，她是那么可笑地不懂事！

注释:

1 格尼许（Ganesh）是毁灭之神湿婆的儿子，象首人身。同时也是现代印度人所最喜欢用来做名字的第一个字。

小　大　人

我人很小，因为我是一个小孩子。到了我像爸爸一样年纪时，便要变大了。

我的先生要是走来说道："时候晚了，把你的石板、你的书拿来。"

我便要告诉他道："你不知道我已经同爸爸一样大了么？我决不再学什么功课了。"

我的老师便将惊异地说道："他读书不读书可以随便，因为他是大人了。"

我将自己穿了衣裳，走到人群拥挤的市场里去。

我的叔叔要是跑过来说道："你要迷路了，我的孩子；让我领着你罢。"

我便要回答道："你没有看见么，叔叔，我已经同爸爸一样大了？我决定要独自一个人到市场里去。"

叔叔便将说道："是的，他随便到哪里去都可以，因为他是大人了。"

当我正拿钱给我保姆时，妈妈便要从浴室中出来，因为我是知道怎样用我的钥匙去开银箱的。

妈妈要是说道："你在做什么呀，顽皮的孩子？"

我便要告诉她道："妈妈，你不知道我已经同爸爸一样大了么？我必须拿钱给保姆。"

妈妈便将自言自语道："他可以随便把钱给他所喜欢的人，因为他是大人了。"

当十月里放假的时候，爸爸将要回家，他会以为我还是一个小孩子，为我从城里带了小鞋子和小绸衫来。

我便要说道："爸爸，把这些东西给哥哥罢，因为我已经同你一样大了。"

爸爸便将想了一想，说道："他可以随便去买他自己穿的衣裳，因为他是大人了。"

十 二 点 钟

妈妈，我真想现在不做功课了。我整个早晨都在念书呢。

你说，现在还不过是十二点钟。假定不会晚过十二点罢；难道你不能把不过是十二点钟想象成下午么？

我能够容容易易地想象；现在太阳已经到了那片稻田的边缘上了，老态龙钟的渔婆正在池边采撷香草作她的晚餐。

我闭上了眼就能够想到，马塔尔树下的阴影是更深黑了，池塘里的水看来黑得发亮。

假如十二点钟能够在黑夜里来到，为什么黑夜不能在十二点钟的时候来到呢？

著 作 家

你说爸爸写了许多书，但我却不懂得他所写的东西。

他整个黄昏读书给你听，但是你真懂得他的意思么？

妈妈，你给我们讲的故事，真是好听呀！我很奇怪，爸爸为什么不能写那样的书呢？

难道他从来没有从他自己的妈妈那里听见过巨人和神仙和公主的故事么？

还是已经完全忘记了？

他常常耽误了沐浴，你不得不走去叫他一百多次。

你总要等候着，把他的菜温着等他，但他忘了，还尽管写下去。

爸爸老是以著书为游戏。

如果我一走进爸爸房里去游戏，你就要走来叫道："真是一个顽皮的孩子！"

如果我稍微出一点声音，你就要说："你没有看见你爸爸正在工作么？"

老是写了又写，有什么趣味呢？

当我拿起爸爸的钢笔或铅笔，像他一模一样地在他的书上写着，——a，b，c，d，e，f，g，h，i，——那时，你为什么跟我生气呢，妈妈？

爸爸写时，你却从来不说一句话。

当我爸爸耗费了那么一大堆纸时，妈妈，你似乎全不在乎。

但是，如果我只取了一张纸去做一只船，你却要说："孩子，你真讨厌！"

你对于爸爸拿黑点子涂满了纸的两面，污损了许多许多张纸，你心里以为怎样呢？

恶 邮 差

你为什么坐在那边地板上不言不动的？告诉我呀，亲爱的妈妈。

雨从开着的窗口打进来了，把你身上全打湿了，你却不管。

你听见钟已打四下了么？正是哥哥从学校里回家的时候了。

到底发生了什么事，你的神色这样不对？

你今天没有接到爸爸的信么？

我看见邮差在他的袋里带了许多信来，几乎镇里的每个人都分送到了。

只有爸爸的信，他留起来给他自己看。我确信这个邮差是个坏人。

但是不要因此不乐呀，亲爱的妈妈。

明天是邻村市集的日子。你叫女仆去买些笔和纸来。

我自己会写爸爸所写的一切信；使你找不出一点错处来。

我要从 A 字一直写到 K 字。

但是，妈妈，你为什么笑呢？

你不相信我能写得同爸爸一样好！

但是我将用心画格子，把所有的字母都写得又大又美。

当我写好了时，你以为我也像爸爸那样傻，把它投入可怕的邮差的袋中么？

我立刻就自己送来给你，而且一个字母、一个字母地帮助你读。

我知道那邮差是不肯把真正的好信送给你的。

英　雄

　　妈妈，让我们想象我们正在旅行，经过一个陌生而危险的国土。

　　你坐在一顶轿子里，我骑着一匹红马，在你旁边跑着。

　　是黄昏的时候，太阳已经下山了。约拉地希的荒地疲乏而灰暗地展开在我们面前。大地是凄凉而荒芜的。

　　你害怕了，想道——"我不知道我们到了什么地方了。"

　　我对你说道："妈妈，不要害怕。"

　　草地上刺蓬蓬地长着针尖似的草，一条狭而崎岖的小道通过这块草地。

　　在这片广大的地面上看不见一只牛，它们已经回到它们村里的牛棚去了。

　　天色黑了下来，大地和天空都显得朦朦胧胧的，而我们不能说出我们正走向什么所在。

　　突然间，你叫我，悄悄地问我道："靠近河岸的是什么火光呀？"

　　正在那个时候，一阵可怕的呐喊声爆发了，好些人影子向我们跑过来。

你蹲坐在你的轿子里，嘴里反复地祷念着神的名字。

轿夫们，怕得发抖，躲藏在荆棘丛中。

我向你喊道："不要害怕，妈妈，有我在这里。"

他们手里执着长棒，头发披散着，越走越近了。

我喊道："要当心！你们这些坏蛋！再向前走一步，你们就要送命了。"

他们又发出一阵可怕的呐喊声，向前冲过来。

你抓住我的手，说道："好孩子，看在上天面上，躲开他们罢。"

我说道："妈妈，你瞧我的。"

于是我刺策着我的马匹，猛奔过去，我的剑和盾彼此碰着作响。

这一场战斗是那么激烈，妈妈，如果你从轿子里看得见的话，你一定会发冷战的。

他们之中，许多人逃走了，还有好些人被砍杀了。

我知道你那时独自坐在那里，心里正在想着，你的孩子这时候一定已经死了。

但是我跑到你的跟前，浑身溅满了鲜血，说道："妈妈，现在战争已经结束了。"

你从轿子里走出来，吻着我，把我搂在你的心头，你自言自语地说道：

"如果我没有我的孩子护送我，我简直不知道怎么办才好。"

一千件无聊的事天天在发生，为什么这样一件事不能够偶然实现呢？

这很像一本书里的一个故事。

我的哥哥要说道："这是可能的事么？我老是想，他是那么嫩弱呢！"

我们村里的人们都要惊讶地说道："这孩子正和他妈妈在一起，这不是很幸运么？"

告　别

是我走的时候了，妈妈；我走了。

当清寂的黎明，你在暗中伸出双臂，要抱你睡在床上的孩子时，我要说道："孩子不在那里呀！"——妈妈，我走了。

我要变成一股清风抚摸着你；我要变成水中的涟漪，当你浴时，把你吻了又吻。

大风之夜，当雨点在树叶中淅沥时，你在床上，会听见我的微语；当电光从开着的窗口闪进你的屋里时，我的笑声也偕了它一同闪进了。

如果你醒着躺在床上，想你的孩子到深夜，我便要从星空向你唱道："睡呀！妈妈，睡呀。"

我要坐在各处游荡的月光上，偷偷地来到你的床上，乘你睡着时，躺在你的胸上。

我要变成一个梦儿，从你的眼皮的微缝中，钻到你的睡眠的深处，当你醒来吃惊地四望时，我便如闪耀的萤火似的熠熠地向暗中飞去了。

当普耶节日 [1]，邻舍家的孩子们来屋里游玩时，我便要融化在笛声里，整日价在你心头震荡。

亲爱的阿姨带了普耶礼[2]来，问道："我们的孩子在哪里，姊姊？"妈妈，你将要柔声地告诉她："他呀，他现在是在我的瞳人里，他现在是在我的身体里，在我的灵魂里。"

注释:

1　普耶（Puja），意为"祭神大典"，这里的"普耶节"，是指印度十月间的"难近母祭日"。

2　普耶礼就是指这个节日亲友相互馈送的礼物。

召　唤

她走的时候，夜间黑漆漆的，他们都睡了。

现在，夜间也是黑漆漆的，我唤她道："回来，我的宝贝；世界都在沉睡；当星星互相凝视的时候，你来一会儿是没有人会知道的。"

她走的时候，树木正在萌芽，春光刚刚来到。

现在花已盛开，我唤道："回来，我的宝贝。孩子们漫不经心地在游戏，把花聚在一块，又把它们散开。你如走来，拿一朵小花去，没有人会发觉的。"

常常在游戏的那些人，仍然还在那里游戏，生命总是如此地浪费。

我静听他们的空谈，便唤道："回来，我的宝贝，妈妈的心里充满着爱，你如走来，仅仅从她那里接一个小小的吻，没有人会妒忌的。"

第一次的茉莉

呵，这些茉莉花，这些白的茉莉花！

我仿佛记得我第一次双手满捧着这些茉莉花，这些白的茉莉花的时候。

我喜爱那日光，那天空，那绿色的大地；

我听见那河水潺潺的流声，在黑漆的午夜里传过来；

秋天的夕阳，在荒原上大路转角处迎我，如新妇揭起她的面纱迎接她的爱人。

但我想起孩提时第一次捧在手里的白茉莉，心里充满着甜蜜的回忆。

我生平有过许多快活的日子，在节日宴会的晚上，我曾跟着说笑话的人大笑。

在灰暗的雨天的早晨，我吟哦过许多飘逸的诗篇。

我颈上戴过爱人手织的醉花的花圈，作为晚装。

但我想起孩提时第一次捧在手里的白茉莉，心里充满着甜蜜的回忆。

榕　树

　　喂，你站在池边的蓬头的榕树，你可曾忘记了那小小的孩子，就像那在你的枝上筑巢又离开了你的鸟儿似的孩子？

　　你不记得他怎样坐在窗内，诧异地望着你深入地下的纠缠的树根么？

　　妇人们常到池边，汲了满罐的水去，你的大黑影便在水面上摇动，好像睡着的人挣扎着要醒来似的。

　　日光在微波上跳舞，好像不停不息的小梭在织着金色的花毡。

　　两只鸭子挨着芦苇，在芦苇影子上游来游去，孩子静静地坐在那里想着。

　　他想做风，吹过你的萧萧的枝杈；想做你的影子，在水面上，随了日光而俱长；想做一只鸟儿，栖息在你的最高枝上；还想做那两只鸭，在芦苇与阴影中间游来游去。

祝　福

祝福这个小心灵，这个洁白的灵魂，他为我们的大地，赢得了天的接吻。

他爱日光，他爱见他妈妈的脸。

他没有学会厌恶尘土而渴求黄金。

紧抱他在你心里，并且祝福他。

他已来到这个歧路百出的大地上了。

我不知道他怎么要从群众中选出你来，来到你的门前抓住你的手问路。

他笑着，谈着，跟着你走，心里没有一点儿疑惑。

不要辜负他的信任，引导他到正路，并且祝福他。

把你的手按在他的头上，祈求着：底下的波涛虽然险恶，然而从上面来的风，会鼓起他的船帆，送他到和平的港口的。

不要在忙碌中把他忘了，让他来到你的心里，并且祝福他。

赠　　品

我要送些东西给你，我的孩子，因为我们同是漂泊在世界的溪流中的。

我们的生命将被分开，我们的爱也将被忘记。

但我却没有那样傻，希望能用我的赠品来买你的心。

你的生命正是青春，你的道路也长着呢，你一口气饮尽了我们带给你的爱，便回身离开我们跑了。

你有你的游戏，有你的游伴。如果你没有时间同我们在一起，如果你想不到我们，那有什么害处呢？

我们呢，自然的，在老年时，会有许多闲暇的时间，去计算那过去的日子，把我们手里永久失了的东西，在心里爱抚着。

河流唱着歌很快地流去，冲破所有的堤防。但是山峰却留在那里，忆念着，满怀依依之情。

我 的 歌

我的孩子，我这一只歌将扬起它的乐声围绕你的身旁，好像那爱情的热恋的手臂一样。

我这一只歌将触着你的前额，好像那祝福的接吻一样。

当你只是一个人的时候，它将坐在你的身旁，在你耳边微语着；当你在人群中的时候，它将围住你，使你超然物外。

我的歌将成为你的梦的翼翅，它将把你的心移送到不可知的岸边。

当黑夜覆盖在你路上的时候，它又将成为那照临在你头上的忠实的星光。

我的歌又将坐在你眼睛的瞳人里，将你的视线带入万物的心里。

当我的声音因死亡而沉寂时，我的歌仍将在你活泼泼的心中唱着。

孩 子 天 使

他们喧哗争斗，他们怀疑失望，他们辩论而没有结果。

我的孩子，让你的生命到他们当中去，如一线镇定而纯洁之光，使他们愉悦而沉默。

他们的贪心和妒忌是残忍的；他们的话，好像暗藏的刀，渴欲饮血。

我的孩子，去，去站在他们愤懑的心中，把你的和善的眼光落在它们上面，好像那傍晚的宽宏大量的和平，覆盖着日间的骚扰一样。

我的孩子，让他们望着你的脸，因此能够知道一切事物的意义；让他们爱你，因此他们能够相爱。

来，坐在无垠的胸膛上，我的孩子。朝阳出来时，开放而且抬起你的心，像一朵盛开的花；夕阳落下时，低下你的头，默默地做完这一天的礼拜。

最后的买卖

早晨，我在石铺的路上走时，我叫道："谁来雇用我呀。"

皇帝坐着马车，手里拿着剑走来。

他拉着我的手，说道："我要用权力来雇用你。"

但是他的权力算不了什么，他坐着马车走了。

正午炎热的时候，家家户户的门都闭着。

我沿着屈曲的小巷走去。

一个老人带着一袋金钱走出来。

他斟酌了一下，说道："我要用金钱来雇用你。"

他一个一个地数着他的钱，但我却转身离去了。

黄昏了，花园的篱上满开着花。

美人走出来，说道："我要用微笑来雇用你。"

她的微笑黯淡了，化成泪容了，她孤寂地回身走进黑暗里去。

太阳照耀在沙地上，海波任性地浪花四溅。

一个小孩坐在那里玩贝壳。

他抬起头来，好像认识我似的，说道："我雇你不用什么东西。"

从此以后，在这个小孩的游戏中做成的买卖，使我成了一个自由的人。

飞鸟集

代　序

许　钧

不久前，有朋友给我打来电话，说商务印书馆想推出泰戈尔《飞鸟集》的老译本，有意请我就此说几句话。我多年来做翻译，教翻译，也研究翻译，对翻译有一种特殊的感情，凡与翻译相关之事，我都难以割舍。

泰戈尔的诗，我读过，而且读过不少的译本，读过郑振铎的，冰心的，还读过冯唐的。据我所知，早在 1921 年，郑振铎就与王靖分别翻译过多首泰戈尔的诗。1922 年，郑振铎选译的《飞鸟集》在中国问世，为彼时寻求新文学、新思想的知识界播下了一颗饱含自由与爱的种子。自此，在近一个世纪的漫长岁月里，泰戈尔的诗歌在中国精神文化的土壤中生根发芽，成长为一棵葱郁的参天巨木。这棵葱郁巨木枝繁叶茂，已经生发出 200 多种不同译本，如今还在不断地生发出新的枝桠。

《飞鸟集》是我国最早译介的泰戈尔诗集，历经近一个世纪，在中国的新生命不断延续，读者对《飞鸟集》的喜爱和关注也丝毫不减，对原作有各自的解读，对译本也有着各种不同的评价。在众多译者和读者的心底，都存有一个属于自己的泰戈尔。对于中国读者而言，印度文化有着浓厚的神秘色彩，宗教与哲学比邻而居，泰戈尔的诗歌正是诞生于这种文化基础之上。他的诗歌有对生命的思考，是身体与灵魂的和谐共鸣，是对人类终极关怀的永恒追求。在当代中国，泰戈尔集聚了读者对于东方文人的完美遐想，在国人眼中，泰戈尔是来自于印度这个神秘古国的诗圣和哲人，其诗其思，根植于印度的传统宗教与哲学，又汲取了西方文化的个性特质，是融合东方意象与西方精神的诗性结晶。

在亚里士多德看来，诗比史更真。历史是已然发生的事实的聚集，发生的事件会在时间之长河中消逝；而诗是情感思绪的表达，揭示人类命运的必然性和自我选择的可能性。有情方有诗，诗歌滋养人的心灵，导向生命的本真，祛除人在尘网中的荒凉感、孤独感，召唤我们去追求美，发现美，体悟永恒的美好。

《飞鸟集》正是这样一部传达真、善、美的诗集。在我看来，《飞鸟集》深受中国读者喜爱，其原因至少有二。

首先，诗集中以"飞鸟"为代表的诸多自然意象符合中国的传统审美观。"飞鸟"的意象，自《诗经》始，穿越了先秦、两汉乃至明清的整个中国古代诗歌发展史。无论是屈原、阮籍，还是陶渊明、欧阳修，乃至当代中国的许多词曲作家和诗人，都爱寄情于飞鸟，借物咏怀，寄托理想、追求与抱负，寄托孤独、寂寞与彷徨。诚如逯钦立先生所感，飞鸟是自然的化身，亦与人的活动轨迹相似，日出而作，日落而息。因此，飞鸟成为诗人内心世界的反映与诗人人生的象征。从古至今，无数文人雅士寄情飞鸟，感悟自然，以物言志，从而获得心灵的慰藉和思想的升华。同样，《飞鸟集》中的其他自然意象，如"流萤""星云""迷雾""风雨""落叶"等等，在中国诗史和文学史中也都广泛存在，被国人广泛接受和喜爱。

其次，泰戈尔的《飞鸟集》拥有自身融通东西文化的独特之处。《飞鸟集》既符合东方文化"物我合一""道法自然"的追求与意趣，又突显西方文化注重的个体人格的力量和人性本身的价值。《飞鸟集》共有 325 首短诗，内容丰富，句句是箴言，风格清新隽永。泰戈尔寄情于自然，寓情于景、于物，对宇宙、对世界、对人生进行了深刻的思考。可以说，他的这部《飞鸟集》是一部充满了对生命的体悟，充满了人生哲学的有温度的哲理诗集。

《飞鸟集》是一部感怀人生之作，泰戈尔以精妙的语言，纯净质朴的诗意文字，触及了人生的不同境遇，易于投射到读者心中，引起强烈的共鸣，从而给读者带来极大的震撼。泰戈尔的诗歌能够使人们获取情感的快乐和精神的愉悦，在残酷、乏味的现实中，更体现了人格的价值与人性的美感。郑振铎先生在 1956 年出版的《飞鸟集》新序中说："泰戈尔的这些短诗，……往往在短短的几句诗里，包涵着深邃的大道理，或尖锐的讽刺语，……它们像山坡草地上的一丛丛野花，在早晨的太阳光下，纷纷地伸出头来。随你喜爱什么吧，那颜色和香味是多种多样的……那些诗，是带着很深刻的讽嘲，甚至很大的悲愤的，更多的诗是充溢着对人和自然的爱的，还有些诗是像'格言'的，其中有不少是会令人讽吟有得的。"

《飞鸟集》充满哲思。诗集中的自然之物被诗人赋予了独具个性的诗意形态，富含朴素的哲学道理。泰戈尔在吟咏自然景物、描绘自然现象的同时，寥寥几语，往往阐发出深刻的哲理。在诗中，他对时空，对自然和宇宙、生与死、小我与大我的认知，开阔世人心扉，启迪世人之思。

《飞鸟集》富蕴美感。素有"自然之子"之称的泰戈尔，十分崇尚自然，热爱与自然融为一体，追求自然之美，歌颂自然之美，因而他的诗极富美感与情趣。泰戈尔以其真挚和善美之心，凭借丰富的想象纵横驰骋于山峦、云朵、风雨、黑夜等自然景物之中，追求光明，向往自由。他的诗歌因此而具有无限美感和极强的感染力。

《飞鸟集》闪烁着人性的光辉。诗集展现的是包含人类在内的自然生命的存在与活力，以及生命的活力特征，传达的是对自然、对生命的尊崇，追求生命的本真与美好。泰戈尔以短小的诗歌谱写了真、善、美，呼唤人类的美好心灵以及人与自然的和谐关系；有自勉和劝诫，有谦卑与伟大之辨，以其独特的方式，歌咏具有无穷活力、与自然和谐一体的光辉人性。

《飞鸟集》拓展思想的疆域。泰戈尔在诗中爱憎分明，对假、恶、丑，对强权都进行了无情的嘲讽与批判。他毕生追求真理，也从来不受尘网的羁绊，不退缩，不沉沦，以隐喻，以说理，以劝诫，以嘲讽，以一种崇尚自然的情感，沉思人生的真谛，悟人与自然之伟大，拓思想之疆域。

《飞鸟集》最早的翻译者是郑振铎先生。作为五四时期新文学的先驱，作为文学研究会的发起人，郑振铎提出文学思想应破旧立新，文学应肩负新的使命与任务。因此，他积极译介异域的优秀文学，《飞鸟集》即是其追求思想解放与独立而进行的文学翻译创作活动的一次系统性尝试。郑振铎翻译的《飞鸟集》至今已有96年历史，一直长盛不衰，被视为经典之译作。《飞鸟集》所体现出来的对自然的崇尚、对宇宙的思辨、对人生的体悟，感动了一代代中国文学青年，也影响了不少历史上的名家，如刘半农、鲁迅、瞿秋白、徐志摩、冰心等，郭沫若曾言"在我自己的作诗的经验上，是先受了太戈尔诸人的影响力"。

《飞鸟集》的另一个具有特色的译本，出于姚华之手。姚华（1876—1930），字茫父，近现代学者，中国科举制度下的最后一代文人，工词曲，善书画，亦是刻铜大家，被誉为旷世奇才。郑振铎的译本问世后，"当时姚茫父先生见之，大为赞赏"，便在译文中选择了257首，改写为长短不一的五言诗，名曰《五言飞鸟集》，在徐志摩的推动下，于1931年由中华书局刊印发行。据贺圣谟，1924年泰戈尔访华，徐志摩在《五言飞鸟集》的序中记载了两人见面的情形:"那年泰戈尔先生和姚华先生见面时,这两位诗人,相视而笑,把彼此的忻慕都放在心里。"姚华在北京举办画会时,泰戈尔也欣然前往捧场,并即席发表了热情洋溢的演说。泰戈尔还把姚华的画带回印度,陈列在美术馆里。徐志摩感叹:"这是极妙的一段文学因缘。"

姚华先生的《五言飞鸟集》,正所谓"诗人译诗",可谓将泰戈尔的《飞鸟集》中国化、本土化,用中国传统诗歌的体裁在郑振铎译本的基础上进行了二度创作,如:"世情生处匿,相亲始见真。真际转幺眇,罕譬求其伦。如古乐府辞,短歌能入神。未若芳泽下,一握复频频。"又如:"飞鸟鸣窗前,飞来复飞去。红叶了无言,飞落知何处?"姚华之译本的意译本身,掺杂着他本人对于泰戈尔所言之自然景物、人与生命等主题的深刻理解和微妙表达,"是更具有中国诗的风味了"。以中国传统的诗歌体裁演绎出的姚译本,也如泰戈尔诗篇一样,语言精练,清朗易懂,寓情于物,真善唯美,体现了中国传统文化"诗以言志"的功能和汉语文言之美,可谓将印度文化与中国传统文化有机融合的一次大胆尝试。

两种不同风格的译本,白话文与中国传统五言诗体,一个直译,一个意译。从这些经典译本中,我们能够同时感受到新文学与中国传统文学的不同魅力。这一次,商务印书馆重新推出《飞鸟集》,是希望为"误入尘网"的"羁鸟"与"迷途之鸟"指路,更希望向往自由的"飞鸟",能够找到生命与精神的归守之所，在诗意人生中翱翔。

感谢泰戈尔，感谢《飞鸟集》，让我们能够在这物欲横流的时代，暂时忘却人世间的喧嚣，倾听内心的呼唤，感受安宁，向往美好，获得自由飞翔的力量！

1

夏天的飞鸟，

飞到我窗前唱歌，

又飞去了。

秋天的黄叶，

它们没有什么可唱，

只叹息一声，

飞落在那里。

2

世界上的一队小小的漂泊者呀，

请留下你们的足印在我的文字里。

3

世界对了它的爱人，

把它浩瀚的面具揭下了。

它变小了，

小如一首歌，

小如一回永恒的接吻。

4

是"地"的泪点，

使她的微笑保持着青春不谢。

5

广漠无垠的沙漠热烈地追求着一叶绿草的爱，
但她摇摇头，
笑起来，
飞了开去。

6

如果错过了太阳时你流了泪，
那末你也要错过群星了。

7

跳舞着的流水呀，
在你途中的泥沙，
要求你的歌声，
你的流动呢。
你肯挟跛足的泥沙而俱下么？

8

她的热切的脸，
如夜雨似的，
搅扰着我的梦魂。

9

有一次，
我们梦见大家都是不相识的。
我们醒了，
却知道我们原是相亲爱的。

10

忧思在我的心里平静下去，
正如黄昏在寂静的林中。

11

有些看不见的手指，
如懒懒的微飔似的，
正在我的心上，
奏着潺潺的乐声。

12

"海水呀，你说的是什么？"
"是永恒的疑问。"
"天空呀，你回答的话是什么？"
"是永恒的沉默。"

13

静静地听，

我的心呀，

听那"世界"的低语，

这是他对你的爱的表示呀。

14

创造的神秘，

有如夜间的黑暗，

——是伟大的。

而知识的幻影，

不过如晨间之雾。

15

不要因为峭壁是高的，

而让你的爱情坐在峭壁上。

16

我今晨坐在窗前，

"世界"如一个过路的人似的，

停留了一会，

向我点点头又走过去了。

17

这些微思，
是绿叶的簌簌之声呀；
他们在我的心里，
愉悦地微语着。

18

你看不见你的真相，
你所看见的，
只是你的影子。

19

主呀，
我的那些愿望真是愚傻呀，
它们杂在你的歌声中喧叫着呢。
让我只是静听着吧。

20

我不能选择那最好的。
是那最好的选择我。

21

那些把灯背在他们的背上的人，

把他们的影子投到他们前面去。

22

我存在，

乃是所谓生命的一个永久的奇迹。

23

"我们，

萧萧的树叶，

都有声响回答那暴风雨，

但你是谁呢，

那样的沉默着？"

"我不过是一朵花。"

24

休息之隶属于工作，

正如眼睑之隶属于眼睛。

25

人是一个初生的孩子，

他的力量，

就是生长的力量。

26

上帝希望我们酬答他的,

在于他送给我们的花朵,

而不在于太阳和土地。

27

光如一个裸体的孩子,

快快活活地在绿叶当中游戏,

他不知道人是会欺诈的。

28

啊,

美呀,

在爱中找你自己吧,

不要到你镜子的谄谀中去找呀。

29

我的心冲激着她的波浪在"世界"的海岸上,

蘸着眼泪在上边写着她的题记:

"我爱你。"

30

"月儿呀，

你在等候什么呢？"

"要致敬意于我必须给他让路的太阳。"

31

绿树长到了我的窗前，

仿佛是喑哑的大地发出的渴望的声音。

32

上帝自己的清晨，

在他自己看来也是新奇的。

33

生命因了"世界"的要求，

得到他的资产，

因了爱的要求，

得到他的价值。

34

干的河床，

并不感谢他的过去。

35

鸟儿愿为一朵云。

云儿愿为一只鸟。

36

瀑布歌道："我得到自由时便有歌声了。"

37

我不能说出这心为什么那样默默地颓丧着。

那小小的需要，

他是永不要求，

永不知道，

永不记着的。

38

妇人，

你在料理家事的时候，

你的手足歌唱着，

正如山间的溪水歌唱着在小石中流过。

39

太阳横过西方的海面时，

对着东方，
致他的最后的敬礼。

40

不要因为你自己没有胃口，
而去责备你的食物。

41

群树如表示大地的愿望似的，
竖趾立着，
向天空窥望。

42

你微微地笑着，
不同我说什么话，
而我觉得，
为了这个，
我已等待得久了。

43

水里的游鱼是沉默的，
陆地上的兽类是喧闹的，
空中的飞鸟是歌唱着的。

但是人类却兼有了海里的沉默，

地上的喧闹，

与空中的音乐。

44

"世界"在踌躇之心的琴弦上跑过去，

奏出忧郁的乐声。

45

他把他的刀剑当作他的上帝。

当他的刀剑胜利时他自己却失败了。

46

上帝从创造中找到他自己。

47

阴影戴上她的面幕，

秘密地，

温顺地，

用她的沉默的爱的脚步，跟在"光"后边。

48

群星不怕显得像萤火虫那样。

49

谢谢上帝，

我不是一个权力的轮子，

而是被压在这轮下的活人之一。

50

心是尖锐的，

不是宽博的，

它执着在每一点上，

却并不活动。

51

你的偶像委散在尘土中了，

这可证明上帝的尘土比你的偶像还伟大。

52

人在他的历史中表现不出他自己，

他在历史中奋斗着露出头角。

53

玻璃灯因为瓦灯叫他作表兄而责备瓦灯，

但当明月出来时，

玻璃灯却温和地微笑着，

叫明月为——"我亲爱的，亲爱的姊姊。"

54

我们如海鸥之与波涛相遇似的，

遇见了，

走近了。

海鸥飞去，

波涛滚滚地流开，

我们也分别了。

55

日间的工作完了，

于是我像一只拖在海滩上的小船，

静静地听着晚潮跳舞的乐声。

56

我们的生命是天赋的，

我们惟有献出生命，

才能得到生命。

57

当我们是大为谦卑的时候，

便是我们最近于伟大的时候。

58

麻雀看见孔雀负担着它的翎尾，
替它担忧。

59

决不要害怕刹那——永恒之声这样地唱着。

60

飓风于无路之中寻求最短之路，
又突然地在"无何有之国"终止它的寻求了。

61

在我自己的杯中，
饮了我的酒吧，
朋友。
一倒在别人的杯里，
这酒的腾跳的泡沫便要消失了。

62

"完全"为了对"不全"的爱，
把自己装饰得美丽。

63

上帝对人说道，

"我医治你，

所以要伤害你，

我爱你，

所以要惩罚你。"

64

谢谢火焰给你光明，

但是不要忘了那执灯的人，

他是坚忍地站在黑暗当中呢。

65

小草呀，

你的足步虽小，

但是你拥有你足下的土地。

66

幼花开放了它的蓓蕾，

叫道，

"亲爱的世界呀，请不要萎谢了。"

67

上帝对于大帝国会生厌，
却决不会厌恶那小小的花朵。

68

错误经不起失败，
但是真理却不怕失败。

69

瀑布歌道，
"虽然渴者只要少许的水便够了，
我却很快活地给与了我全部的水。"

70

把那些花朵抛掷上去的那一阵子无休无止的狂欢大喜的劲儿，
其源泉是在哪里呢？

71

樵夫的斧头，
问树要斧柄。
树便给了他。

72

这寂独的黄昏，
幕着雾与雨，
我在我心的孤寂里，
感觉到它的叹息了。

73

贞操是从丰富的爱情中生出来的资产。

74

雾，
像爱情一样，
在山峰的心上游戏，
生出种种美丽的变幻。

75

我们把世界看错了，
反说他欺骗我们。

76

诗人的风，
正出经海洋和森林，

求它自己的歌声。

77

每一个孩子生出时所带的神示说：
上帝对于人尚未灰心失望呢。

78

绿草求她地上的伴侣。
树木求他天空的寂寞。

79

人对他自己建筑起堤防来。

80

我的朋友，
你的语声飘荡在我的心里，
像那海水的低吟之声，
绕缭在静听着的松林之间。

81

这个不可见的黑暗之火焰，
以繁星为其火花的，
到底是什么呢？

82

使生如夏花之绚烂，
死如秋叶之静美。

83

那想做好人的，
在门外敲着门，
那爱人的，
看见门敞开着。

84

在死的时候，
众多合而为一，
在生的时候，
这"一"化而为众多。
上帝死了的时候，
宗教便将合而为一。

85

艺术家是自然的情人，
所以他是自然的奴隶，
也是自然的主人。

86

"你离我有多少远呢，

果实呀？"

"我是藏在你的心里呢，

花呀。"

87

这个渴望是为了那个在黑夜里感觉得到、

在大白天里却看不见的人。

88

露珠对湖水说道，

"你，

是在荷叶下面的大露珠，

我是在荷叶上面的较小的露珠。"

89

刀鞘保护刀的锋利，

它自己则满足于它的迟钝。

90

在黑暗中"一"视若一体，

在光亮中，

"一"便视若众多。

91

大地借助于绿草，

显出她自己的殷勤好客。

92

绿叶的生与死乃是旋风的急骤的旋转，

它的更广大的旋转的圈子乃是在天上繁星之间徐缓的转动。

93

权威对世界说道，

"你是我的。"

世界便把威权囚禁在她的宝座下面。

爱情对世界说道，

"我是你的。"

世界便给予爱情以在她屋内来往的自由。

94

浓雾仿佛是大地的愿望。

它藏起了太阳，

而太阳乃是她所呼求的。

95

安静些吧，

我的心，

这些大树都是祈祷者呀。

96

瞬刻的喧声，

讥笑着永恒的音乐。

97

我想起了浮泛在生与爱与死的川流上的许多别的时代，

以及这些时代之被遗忘，

我便感觉到离开尘世的自由了。

98

我灵魂里的忧郁就是她的新妇的面纱。

这面纱等候着在夜间卸去。

99

死之印记给生的钱币以价值；

使它能够用生命来购买那真正的宝物。

100

白云谦逊地站在天之一隅。

晨光给他戴上了霞彩。

101

尘土受到损辱，

却以她的花朵来报答。

102

只管走过去，

不必逗留着去采了花朵来保存，

因为一路上，

花朵自会继续开放的。

103

根是地下的枝。

枝是空中的根。

104

远远去了的夏之音乐，

翱翔于秋间，

寻求它的旧垒。

105

不要从你自己的袋里掏出勋绩借给你的朋友，
这是污辱他的。

106

无名的日子的感触，
攀缘在我的心上，
正像那绿色的苔藓，
攀缘在老树的周身。

107

回声嘲笑着她的原声，
以证明她是原声。

108

当富贵利达的人夸说他得到上帝的特别恩惠时，
上帝却羞了。

109

我投射我自己的影子在我的路上，
因为我有一盏还没有燃点起来的明灯。

110

人走进喧哗的群众里去，
为的是要淹没他自己的沉默的呼号。

111

终止于衰竭的是"死亡"，
但"圆满"却终止于无穷。

112

太阳穿一件朴素的光衣。
白云却披了灿烂的裙裾。

113

山峰如群儿之喧嚷，
举起他们的双臂，
想去捉天上的星星。

114

道路虽然拥挤，
却是寂寞的，
因为它是不被爱的。

115

权威以它的恶行自夸；

落下的黄叶与浮游过的云片都在笑它。

116

今天大地在太阳光里向我营营哼鸣，

像一个织着布的妇人，

用一种已经被忘却的语言，

哼着一些古代的歌曲。

117

绿草是无愧于它所生长的伟大世界的。

118

梦是一个一定要谈话的妻子。

睡眠是一个默默地忍受的丈夫。

119

夜与逝去的日子接吻，

轻轻地在他耳旁说道，

"我是死，

是你的母亲。

我就要给你以新的生命。"

120

黑夜呀，

我感觉得你的美了，

你的美如一个可爱的妇人，

当她把灯灭了的时候。

121

我把在那些已逝去的世界上的繁荣带到我的世界上来。

122

亲爱的朋友呀，

当我静听着海涛时，

我有好几次在暮色深沉的黄昏里，

在这个海岸上，

感得你的伟大思想的沉默了。

123

鸟以为把鱼举在空中是一种慈善的举动。

124

夜对太阳说道，

"在月亮中，

你送了你的情书给我。"

"我已在绿草上留下我的流着泪点的回答了。"

125

伟人是一个天生的孩子，

当他死时，

他把他的伟大的孩提时代给了世界。

126

不是槌的打击，

乃是水的载歌载舞，

使鹅卵石臻于完美。

127

蜜蜂从花中啜蜜，

离开时营营地道谢。

浮夸的蝴蝶却相信花是应该向他道谢的。

128

如果你不等待着要说出完全的真理，

那末把话说出来是很容易的。

129

"可能"问"不可能"道，
"你住在什么地方呢？"
它回答道，
"在那无能为力者的梦境里。"

130

如果你把所有的错误都关在门外时，
真理也要被关在外面了。

131

我听见有些东西在我心的忧闷后面萧萧作响，
——我不能看见它们。

132

闲暇在动作时便是工作。
静止的海水荡动时便成波涛。

133

绿叶恋爱时便成了花。
花崇拜时便成了果实。

134

埋在地下的树根使树枝产生果实，
却并不要求什么报酬。

135

阴雨的黄昏，
风不休地吹着。
我看着摇曳的树枝，
想念着万物的伟大。

136

子夜的风雨，
如一个巨大的孩子，
在不得时宜的黑夜里醒来，
开始游戏，
和喊叫起来了。

137

海呀，
你这暴风雨的孤寂的新妇呀，
你虽掀起波浪追随你的情人，
但是无用呀。

138

文字对工作说道,

"我惭愧我的空虚。"

工作对文字说道,

"当我看见你时,

我便知道我是怎样地贫乏了。"

139

时间是变化的财富,

但时钟在它的游戏文章里却使它只不过是变化而没有财富。

140

真理穿了衣裳觉得事实太拘束了。

在想象中,

她却转动得很舒畅。

141

当我到这里,

到那里地旅行着时,

路呀,

我厌倦了你了,

但是现在,

当你引导我到各处去时，

我便爱上你，

与你结婚了。

142

让我设想，

在群星之中，

有一粒星是指导着我的生命通过不可知的黑暗的。

143

妇人，

你用了你美丽的手指，

触着我的器具，

秩序便如音乐似的生出来了。

144

一个忧郁的声音，

筑巢于逝水似的年华中。

它在夜里向我唱道，

——"我爱你。"

145

燃着的火，

以他的熊熊之光焰禁止我走近他。

把我从潜藏在灰中的余烬里救出来吧。

146

我有群星在天上，

但是，

唉，

我屋里的小灯却没有点亮。

147

死文字的尘土沾着你。

用沉默去洗净你的灵魂吧。

148

生命里留了许多罅隙，

从这些罅隙中，

送来了死之忧郁的音乐。

149

世界已在早晨开敞了它的光明之心。

出来吧，

我的心，

带了你的爱去与它相会。

150

我的思想随着这些闪耀的绿叶而闪耀着，

我的心灵接触着这日光也唱了起来；

我的生命因为偕了万物一同浮泛在空间的蔚蓝，

时间的墨黑中，

正在快乐着呢。

151

上帝的巨大的威权是在柔和的微飚里，

而不在狂风暴雨之中。

152

在梦中，

一切事都散漫着，

都压着我，

但这不过是一个梦呀。

当我醒来时，

我便将觉得这些事都已聚集在你那里，

我也便将自由了。

153

落日问道，

"有谁在继续我的职务呢？"

瓦灯说道，

"我要尽我力之所能地做去，

我的主人。"

154

采着花瓣时，

得不到花的美丽。

155

沉默蕴蓄着语声，

正如鸟巢拥围着睡鸟。

156

大的不怕与小的同游。

居中的却远而避之。

157

夜秘密地把花开放了，

却让那白日去领受谢词。

158

权力认为牺牲者的痛苦是忘恩负义。

159

当我们以我们的充实为乐时，

那末，

我们便能很快乐地跟我们的果实分手了。

160

雨点与大地接吻，

微语道，

——"我们是你的思家的孩子，

母亲，

现在从天上回到你这里来了。"

161

蛛网好像要捉露点，

却捉住了苍蝇。

162

爱情呀！

当你手里拿着点亮了的痛苦之灯走来时，

我能够看见你的脸，

而且以你为幸福。

163

萤火对天上的星道，
"学者说你的光明，
总有一天会消灭的。"
天上的星不回答他。

164

在黄昏的微光里，
有那清晨的鸟儿来到了我的沉默的鸟巢里。

165

思想掠过我的心上，
如一群野鸭飞过天空。
我听见它们鼓翼之声了。

166

沟洫总喜欢想：
河流的存在，
是专为着供给它水流的。

167

世界以它的痛苦同我接吻，

而要求歌声做报酬。

168

压迫着我的，
到底是我的想要外出的灵魂呢，
还是那世界的灵魂，
敲着我心的门想要进来呢?

169

思想以它自己的言语喂养它自己，
而成长起来。

170

我把我的心之碗轻轻浸入这沉默之时刻中；
它充满了爱了。

171

或者你在做着工作，
或者你没有。
当你不得不说，
"让我们做些事吧，"
那末就要开始胡闹了。

172

向日葵羞于把无名的花朵看作她的同胞。
太阳升上来了，
向她微笑，
说道："你好么，
我的宝贝儿？"

173

"谁如命运似的推着我向前走呢？"
"那是我自己，
在身背后大跨步走着。"

174

云把水倒在河的水杯里，
它们自己却藏在远山之中。

175

我一路走去，
从我的水瓶中漏出水来。
只留着极少极少的水供我家里用。

176

杯中的水是光辉的；

海中的水却是黑色的。

小理可以用文字来说清楚；

大理却只有沉默。

177

你的微笑是你自己田园里的花，

你的谈吐是你自己山上的松林的萧萧，

但是你的心呀，

却是那个女人，

那个我们全都认识的女人。

178

我把小小的礼物留给我所爱的人，

——大的礼物却留给一切的人。

179

妇人呀，

你用你的眼泪的深邃包绕着世界的心，

正如大海包绕着大地。

180

太阳以微笑向我问候。

雨，

它的忧闷的姊姊，

向我的心谈话。

181

我的昼间之花，

落下它那被遗忘的花瓣。

在黄昏中，

这花成熟为一颗记忆的金果。

182

我像那夜间之路，

正静悄悄地听着记忆的足音。

183

黄昏的天空，

在我看来，

像一扇窗户，

一盏灯火，

灯火背后的一次等待。

184

太忙于做好的人，

反而找不到时间去做好事。

185

我是秋云，

空空地不载着雨水，

但在成熟的稻田中，

看见了我的充实。

186

他们嫉妒，

他们残杀，

人反而称赞他们。

然而上帝却害了羞，

匆匆地把他的记忆埋藏在绿草下面。

187

脚趾乃是舍弃了其过去的手指。

188

黑暗向光明旅行，

但是盲者却向死亡旅行。

189

小狗疑心大宇宙阴谋篡夺它的位置。

190

静静地坐吧，
我的心，
不要扬起你的尘土。
让世界自己寻路向你走来。

191

弓在箭要射出之前，
低声对箭说道，
——"你的自由是我的。"

192

妇人，
在你的笑声里有着生命之泉的音乐。

193

全是理智的心，
恰如一柄全是锋刃的刀。
叫使用它的人手上流血。

194

上帝爱人间的灯光甚于他自己的大星。

195

这世界乃是为美之音乐所驯服了的、
狂风骤雨的世界。

196

夕照中的云彩向太阳说道，
"我的心经了你的接吻，
便似金的宝箱了。"

197

接触着，
你许会杀害；
远离着，
你许会占有。

198

蟋蟀的唧唧，
夜雨的淅沥，
从黑暗中传到我的耳边，

好似我已逝的少年时代沙沙地来到我梦境中。

199

花朵向失落了它所有的星辰的曙天叫道，

"我的露点全失落了。"

200

燃烧着的木块，

熊熊地生出火光，

叫道，

——"这是我的花朵，

我的死亡。"

201

黄蜂以邻蜂储蜜之巢为太小。

它的邻人要它去建筑一个更小的。

202

河岸向河流说道，

"我不能留住你的波浪。"

"让我保存你的足印在我的心里吧。"

203

白日以这小小的地球的喧扰，

淹没了整个宇宙的沉默。

204

歌声在天空中感得无限，

图画在地上感得无限，

诗呢，

无论在空中，

在地上都是如此；

因为诗的词句含有能走动的意义与能飞翔的音乐。

205

太阳在西方落下时，

它的早晨的东方已静悄悄地站在它面前。

206

让我不要错误地把自己放在我的世界里而使它反对我。

207

荣誉羞着我，

因为我暗地里求着它。

208

当我没有什么事做时，

便让我不做什么事，

不受骚扰地沉入安静深处吧，

一如海水沉默时海边的暮色。

209

少女呀，

你的纯朴，

如湖水之碧，

表现出你的真理之深邃。

210

最好的东西不是独来的。

他伴了所有的东西同来。

211

上帝的右手是慈爱的，

但是他的左手却可怕。

212

我的晚色从陌生的树林中走来，

它用我的晓星所不懂得的语言说话。

213

夜之黑暗是一只口袋，
盛满了发出黎明的金光的口袋。

214

我们的欲望，
把彩虹的颜色，
借给那只不过是云雾的人生。

215

上帝等待着要从人的手上把他自己的花朵作为礼物赢得回去。

216

我的忧思缠扰着我，
要问我它们自己的名字。

217

果实的事业是尊贵的，
花的事业是甜美的，
但是让我做叶的事业吧，

叶是谦逊地专心地垂着绿荫的。

218

我的心向着阑珊的风，

张了帆，

要到无论何处的荫凉之岛去。

219

独夫们是凶暴的，

但人民是善良的。

220

把我当作你的杯吧，

让我为了你，

而且为了你的人而盛满了水吧。

221

狂风暴雨像是那因他的爱情被大地所拒绝而在痛苦中的天神
的哭声。

222

世界不会裂开，

因为死亡并不是一个罅隙。

223

生命因为失去了的爱情，
而更为富足。

224

我的朋友，
你伟大的心闪射出东方朝阳的光芒，
正如黎明中一个积雪的孤峰。

225

死之流泉，
使生的止水跳跃。

226

那些有一切东西而没有您的人，
我的上帝，
在讥笑着那些没有别的东西而只有您的人呢。

227

生命的运动在它自己的音乐里得到它的休息。

228

踢足只能从地上扬起灰尘而不能得到收获。

229

我们的名字，
便是夜里海波上发出的光，
痕迹也不留的就泯灭了。

230

让睁眼看着玫瑰花的人也看看它的刺。

231

鸟翼上系上了黄金，
这鸟便永不能再在天上翱翔了。

232

我们地方的荷花又在这里陌生的水上开了花，
放出同样的清香，
只是名字换了。

233

在心的远景里，

那相隔的距离显得更广阔了。

234

月儿把她的光明遍照在天上，
却留着她的黑斑给她自己。

235

不要说，
"这是早晨了，"
就用一个"昨天"的名词把它打发掉。
把它当作第一次看到的还没有名字的新生孩子吧。

236

青烟对天空夸口，
灰烬对大地夸口，
都以为它们是火的兄弟。

237

雨点向茉莉花微语道，
"把我永久地留在你的心里吧。"
茉莉花叹息了一声，
落在地上了。

238

惴怯的思想呀，

不要怕我。

我是一个诗人。

239

我的心在朦胧的沉默里，

似乎充满了蟋蟀的鸣声——那灰色的微明的歌声。

240

爆竹呀，

你对于群星的侮蔑，

又跟了你自己回到地上来了。

241

您曾经带领着我，

穿过我的白天的拥挤不堪的旅行，

而到达了我的黄昏的孤寂之境。

在通宵的寂静里，

我等待着它的意义。

242

我们的生命就似渡过一个大海，

我们都相聚在这个狭小的舟中。

死时，

我们便到了岸，

各往各的世界去了。

243

真理之川从他的错误之沟渠中流过。

244

今天我的心是在想家了，

在想着那跨过时间之海的那一个甜蜜的时候。

245

鸟的歌声是曙光从大地反响过去的回声。

246

晨光问毛茛道：

"你是不是骄傲得不肯和我接吻么？"

247

小花问道，

"我要怎样地对你唱，

怎样地崇拜你呢，

太阳呀？"

太阳答道，

"只要用你的纯洁的简朴的沉默。"

248

当人是兽时，

他比兽还坏。

249

黑云受光的接吻时便变成天上的花朵。

250

不要让刀锋讥笑它柄子的拙钝。

251

夜的沉默，

如一个深深的灯盏，

银河便是它燃着的灯光。

252

死像大海的无限的歌声，

日夜冲击着生命的光明岛的四周。

253

花瓣似的山峰在饮着日光，

这山岂不像一朵花吗？

254

"真实"的含义被误解，

轻重被倒置，

那就成了"不真实"。

255

我的心呀，

从世界的流动中，

找你的美吧，

正如那小船得到风与水的优美似的。

256

眼不以能视来骄人，

却以它们的眼镜来骄人。

257

我住在我的这个小小世界里，

生怕使它再缩小一丁点儿了。

把我抬举到您的世界里去吧，

让我有高高兴兴地失去我的一切的自由。

258

虚伪永远不能凭借它生长在权力中而变成真实。

259

我的心，

同着它的歌的拍拍舐岸的波浪，

渴望着要抚爱这个阳光熙和的绿色世界。

260

道旁的草，

爱那天上的星吧，

那末，

你的梦境便可在花朵里实现了。

261

让你的音乐如一柄利刃，

直刺入市井喧扰的心中吧。

262

这树的颤动之叶，

触动着我的心，

像一个婴儿的手指。

263

小花睡在尘土里。

它寻求蛺蝶走的道路。

264

我是在道路纵横的世界上。

夜来了。

打开您的门吧，

家之世界啊！

265

我已经唱过了您的白天的歌。

在黄昏时候，

让我拿着您的灯走过风雨飘摇的道路吧。

266

我不要求你进我的屋里。

你且到我无量的孤寂里吧，

我的爱人！

267

死之隶属于生命，

正与出生一样。

举足是在走路，

正如放下足也是在走路。

268

我已经学会了你在花与阳光里微语的意义。

——再教我明白你在苦与死中所说的话吧。

269

夜的花朵来晚了，

当早晨吻着她时，

她颤栗着，

叹息了一声，

萎落在地上了。

270

从万物的愁苦中，

我听见了"永恒母亲"的呻吟。

271

大地呀，

我到你岸上时是一个陌生人，

住在你屋内的是一个宾客，

离开你的门时是一个朋友。

272

当我去时，

让我的思想到你那里来，

如那夕阳的余光，

映在沉默的星天的边上。

273

在我的心头燃点起那休憩的黄昏星吧，

然后让黑夜向我微语着爱情。

274

我是一个在黑暗中的孩子。

我从夜的被单里向你伸出我的双手，

母亲。

275

白天的工作完了。

把我的脸掩藏在您的臂间吧，

母亲。

让我做梦。

276

集会时的灯光，

点了很久，

会散时，

灯便立刻灭了。

277

当我死时，

世界呀，

请在你的沉默中，

替我留着"我已经爱过了"这句话吧。

278

我们在热爱世界时便生活在这世界上。

279

让死者有那不朽的名，

但让生者有那不朽的爱。

280

我看见你，

像那半醒的婴孩在黎明的微光里看见他的母亲，

于是微笑而又睡去了。

281

我将死了又死，

以明白生是无穷无竭的。

282

当我和拥挤的人群一同在路上走过时，

我看见您从洋台上送过来的微笑，

我歌唱着，

忘却了所有的喧哗。

283

爱就是充实了的生命，

正如盛满了酒的酒杯。

284

他们点了他们自己的灯，

在他们的寺院内，

吟唱他们自己的话语。

但是小鸟们却在你的晨光中，

唱着你的名字，

——因为你的名字便是快乐。

285

领我到您的沉寂的中心，

把我的心充满了歌吧。

286

让那些选择了他们自己的焰火嗞嗞的世界的，

就生活在那里吧。

我的心渴望着您的繁星，

我的上帝。

287

爱的痛苦环绕着我的一生，

像汹涌的大海似的唱着，

而爱的快乐却像鸟儿们在花林里似的唱着。

288

假如您愿意，

您就熄了灯吧。
我将明白您的黑暗，
而且将喜爱它。

289

当我在那日子的终了，
站在您的面前时，
您将看见我的伤疤，
而知道我有我的许多创伤，
但也有我的医治的法儿。

290

总有一天，
我要在别的世界的晨光里对你唱道，
"我以前在地球的光里，
在人的爱里，
已经见过你了。"

291

从别的日子里飘浮到我的生命里的黑云，
不再落下雨点或引起风暴了，
却只给予我的夕阳的天空以色彩。

292

真理引起了反对它自己的狂风骤雨，

那场风雨吹散了真理的广播的种子。

293

昨夜的风雨给今日的早晨戴上了金色的和平。

294

真理仿佛带了它的结论而来；

而那结论却产生了它的第二个。

295

他是有福的，

因为他的名望并没有比他的真实更光亮。

296

您的名字的甜蜜充溢着我的心，

而我忘掉了我自己的，

——就像您的早晨的太阳升起时，

那大雾便消失了。

297

静悄悄的黑夜具有母亲的美丽，

而吵闹的白天具有孩子的美。

298

当人微笑时，
世界爱了他。
但他大笑时，
世界便怕他了。

299

上帝等待着人在智慧中重新获得童年。

300

让我感到这个世界乃是您的爱的成形吧，
那末，
我的爱也将帮助着它。

301

您的太阳光对着我的心头的冬天微笑着，
从来不怀疑它的春天的花朵。

302

上帝在他的爱里吻着"有涯"，
而人却吻着"无涯"。

303

您横越过不毛之年的沙漠而到达了圆满的时刻。

304

上帝的静默使人的思想成熟而为语言。

305

"永恒的旅客"呀，

你可以在我的歌中找到你的足迹。

306

让我不至羞辱您吧，

父亲，

您在您的孩子们身上显现出您的光荣。

307

这一天是不快活的，

光在蹙额的云下，

如一个被打的儿童，

在灰白的脸上留着泪痕，

风又叫号着似一个受伤的世界的哭声。

但是我知道我正跋涉着去会我的朋友。

308

今天晚上棕榈叶在嚓嚓地作响，

海上有大浪，

满月啊，

就像世界在心脉悸跳。

从什么不可知的天空，

您在您的沉默里带来了爱的痛苦的秘密？

309

我梦见了一颗星，

一个光明的岛屿，

我将在那里出生，

而在它的快速的闲暇的深处，

我的生命将成熟它的事业，

像在秋天的阳光之下的稻田。

310

雨中的湿土的气息，

就像从渺小的无声的群众那里来的一阵子巨大的赞美歌声。

311

说爱情会失去的那句话，

乃是我们不能够当作真理来接受的一个事实。

312

我们将有一天会明白，

死永远不能够夺去我们的灵魂所获得的东西，

因为她所获得的，

和她自己是一体。

313

上帝在我的黄昏的微光中，

带着花到我这里来，

这些花都是我过去之时的，

在他的花篮中，

还保存得很新鲜。

314

主呀，

当我的生之琴弦都已调得谐和时，

你的手的一弹一奏，

都可以发出爱的乐声来。

315

让我真真实实地活着吧，

我的上帝，

这样，

死对于我也就成了真实的了。

316

人类的历史很忍耐地在等待着被侮辱者的胜利。

317

我这一刻感到你的眼光正落在我的心上，

像那早晨阳光中的沉默落在已收获的孤寂的田野上一样。

318

我渴望着歌的岛屿立在这喧哗的波涛起伏的海中。

319

夜的序曲是开始于夕阳西下的音乐，

开始于它的向难以形容的黑暗的庄严的赞歌。

320

我攀登上高峰，

发现在名誉的荒芜不毛的高处，

简直找不到遮身之地。

我的导引者啊，

领导着我在光明逝去之前，

进到沉静的山谷里去吧，

在那里，

生的收获成熟为黄金的智慧。

321

在这个黄昏的朦胧里，

好些东西看来都有些幻象——尖塔的底层在黑暗里消失了，

树顶像墨水的斑点似的。

我将等待着黎明，

而当我醒来的时候，

就会看到在光明里的您的城市。

322

我曾经受苦过，

曾经失望过，

曾经体会过"死亡"，

于是我以我在这伟大的世界里为乐。

323

在我的一生里，

也有贫乏和沉默的地域。

它们是我忙碌的日子得到日光与空气的几片空旷之地。

324

我的未完成的过去，
从后边缠绕到我身上，
使我难于死去。
请从它那里释放了我吧。

325

"我相信你的爱，"
让这句话做我的最后的话。

泰戈尔其他诗集
（选译①）

---

① 此后诗篇为郑振铎选择翻译，曾于1925年由商务印书馆以《泰戈尔诗》为名出版。

园 丁 集

第五十三首

你为什么望我一下，使我害羞呢？

我不像乞丐一样地走来。

我不过在一个过去的时间，立在你的花园的篱外空地的边角上。

你为什么望我一下，使我害羞呢？

我不曾在你园中撷了一朵玫瑰花，也不曾在你园中采了一个果子。

我谦卑地托身在路旁的荫下，那个地方是无论什么旅客都可以立的。

一朵玫瑰花我都不曾撷。

是的，我的足倦了，一阵大雨又落下来。

风在摇摆的竹林中虎虎地吼着。

云在天空中跑过，如战败后的奔逃。

我的足倦了。

我不知道你对我想什么，或你在你的门口所等待的是谁。
闪烁的电光蒙晕着你的凝望的眼。
我怎能知道你可以看见我立在黑暗中呢？
我不知道你对我想什么。

白日终止了，雨停了一会。
我离开你的花园尽头的树荫，离开了草地上的座位。
天色黑了；你闭了你的门；我走我的路。
白日已终止了。

第五十四首

市集已经散了，这样晚的时候，你匆促地带了篮子到哪
里去呢？
他们全部带了他们的东西回家了；月光从上面窥望着村
中的树。
呼唤渡船的回声，跑过黑暗的水面而达到远处鸭所栖宿
的泥泽。
市集已经散了，你匆促地带了篮子到哪里去呢？

睡眠已把她的手指放在地球的两眼上面。

乌鸦的巢已沉寂无声，竹叶的微语也停止了。

劳动者从他们的田野中回家，铺了他们的草席在天井里。

市集已经散了，你匆促地带了篮子到哪里去呢？

第五十五首

你走的时候，正是午时。

太阳炎灼地停在天空。

你走了的时候，我做完我的工作，独自坐在楼廊里。

易变的狂风通过许多远地田间的气味，而虎虎地吹到这里来。

鸽子不息地在树荫中咕咕地叫着，一只蜜蜂，在我房里飞着，苦苦地诉说许多远地田间的新闻。

全村正在午时的炎热里睡着。街上寂寞无行人踪迹。

绿叶的萧萧声，突然地响动着，又突然地沉寂下来。

我凝望着天上，在这碧空里。织我所熟悉的一个名字的字母，这时，全村正在午时的炎热里睡着。

我忘记了辫结我的头发，微风戏把它拂在我的颊上。

河水沉默地在树荫所蔽的岸下流过。

懒懒的白云，不动地浮泛着。

我忘记了辫结我的头发。

你走的时候，正是午时。

路上的尘土是热的，田野也在喘息。

鸽子在绿叶的浓密处咕咕地叫着。

你走了的时候，我独自坐在楼廊里。

第五十七首

我已撷了你的花，世界呀！

我把这朵花压在我的心上，花刺戳着我。

当白日消磨了，天色黑了我见那朵花已经枯萎了，但是创痛还留着。

你将更有许多芬芳而娇贵的花，世界呀！

但我的撷花的时间已经过了，在漫漫的黑夜里，我的玫瑰花已经没有了，只有创痛还遗留着。

第五十八首

一天清晨，我在花园里，有一个盲目的女郎跑过来，给我一串花圈，上面盖着一张荷叶。

我把这花圈戴在我的颈上，我的泪点滚出眼中来了。

我吻她，说道："你之不能见物，竟如那些花朵一样。"

"你自己不知道你的赠品是怎样的美丽。"

第六十三首

旅客呀，你必定要走么？

夜是沉寂着，黑暗昏晕在树林上面。

我们楼廊里的灯亮着，花都是新鲜的，青年的两眼也仍然是警醒着。

你的离别的时候果已到了么？

旅客呀，你必定要走么？

我们不曾用我们的恳求的手臂抱住的走。

你的门都开了。你的马，已放上了鞍、辔，立在门口。

如果我们想阻挡你的行程，只能用我们的歌声去阻挡。

如果我们想把你拉了回来，只能用我们的眼睛去拉你。

旅客呀，我们是没有希望留住你了。我们只有我们的眼泪。

有什么不熄的火在你眼中耀着？

有什么不止的热在你血里奔跑？

有什么呼声从黑暗中来催促你？

有什么可怕的诅语，你在天空的繁星中读到，使黑夜带了一种紧封住的秘密使命，沉默而奇异的来到你的心上？

如果你不愿意有欢喜的聚会，如果你必定要安静，那么，疲倦了的心呀，我们将吹熄我们的灯火，停止我们的琴声了。

我们将沉静地坐着，黑暗中绿叶簌簌地响着，疲倦的月亮，把它的淡白的光照在你的窗上。

啊，旅客呀，有什么不睡的精神，从午夜的心里去触着你。

第六十五首

是你又在呼唤我么？

夜晚已经到了。疲倦围抱住我，好像热恋的手臂一样。

是你在呼唤我么？

我已把我的全日都给了你了，残虐的女主呀，你还必定要夺去我的夜间么？

在有些地方，无论什么事都有终止的时候。黑暗的寂寞，也是一个人的自己的。

你的呼声必定要割宰了它而打击我么？

夜晚没有在你门口奏着睡眠的音乐么？

带着沉默之翼的群星永没有爬上你的残忍之塔的天空上么？

在你花园里的花朵永没有柔和的死落在地上么？

你必定要呼唤我么，你这不安静的？

那么，让那恋爱的忧愁之眼无故地凝望着，哭泣着吧。

让那灯在孤寂的屋里燃着吧。

让那渡船载了疲劳的工人回家去吧。

我离开我的梦境，匆匆地去应你的呼唤。

第六十八首

没有生命是永久的，没有东西是不灭的，兄弟。请记住这话，自己愉乐着。

我们的生命不是那旧的担负的生命，我们的道路不是那长久旅行着的道路。

一个未婚的诗人不去唱一个老年的歌调。

花谢了，死了；但那戴花圈的人并不为花而永远悲哀着。

兄弟，请记住这话，自己愉乐着。

把"完全"织成了音乐，必须有一个充分的停息。

生命低头向着它的沉入金色影中的落日。

爱情在游戏时却要被唤去饮啜忧愁，且被生到眼泪的天上去。

兄弟，请记住这话，自己愉乐着。

我们急急地收集了我们的花朵，不然，他们便要被吹过去的风劫夺去了。

我们的血急流着，我们的眼光亮着，匆匆地攫取那迟了便要消灭的接吻。

我们的生命是热切，我们的欲望是尖锐，因为时间在敲着离别的钟。

兄弟，请记住这话，自己愉乐着。

我们没有时候去握住一件东西，压碎了它，又把它抛散到尘土里去。

光阴迅速地跑过，藏他们的梦在裙里。

我们的生命是短促的；它仅产生了几天的爱恋的日子。

如果它是工作与苦役；它便要变成无尽的长久了。

兄弟，请记住这话，自己愉乐着。

美于我们是甜蜜的，因为她同我们的生命跟了同样的迅速的歌调而跳舞着。

知识于我们是宝贵的，因为我们永不会有时间去完成它。

在永久不灭的天国里，一切都是已成，都是完全的。

但地上的幻想的花朵是因死亡而保存着永久的新妍。

兄弟，请记住这话，自己愉乐着。

爱 者 之 贻

第四首

她近于我的心，如草花之近于土；她对于我之甜蜜，如睡眠之于疲倦的肢体。我对于她的爱情是我充溢的生命的流泛，如河水之秋涨，寂静的放弃的迅流着。我的歌儿们与我的爱情是一体，如溪流的潺潺，以他的全波涛全水流歌唱着。

第五首

如果我占有了天空和他所有的星，占有了地球和他无穷的宝藏，我仍是要求增加的，但是，如果她成了我的，则我虽仅有这个世界上的最小一隅，即已很感得满足了。

第九首

妇人，你的篮子很重，你的肢体也疲倦了。你要走多少远的路，你所求的是什么呢？道路很长，太阳下的尘土太热了。

看，湖水深而且满，水色黑如乌鸦的眼睛。湖岸倾斜而衬着绿草。

把你的倦足伸到水里去。午潮的风，把他的手指穿过你的头发；鸽子咕咕地唱他的睡歌，树叶微语那安眠于绿荫中的秘密。

时间逝了，太阳落了，有什么要紧？横过荒地的道路在朦胧中失去了，又有什么要紧？

前面是我的屋，正靠在海那花盛开着的篱边；我引导你。我为你预备一张床，点亮了灯。明天早晨，当群鸟为取牛乳的喧声惊起时，我会把你叫醒的。

第十三首

昨夜我在花园里，献我的青春的白沫腾跳的酒给你。你举在唇边，开了两眼微笑着，我掀起你的面幕，解开你的辫发，把你的沉默而甜柔的脸妆在我的胸前，明月的梦正泛溢在微睡的世界里。

今天在清露冷凝的黎明的静谧里，你走向大神的寺院去，沐过浴，穿着白色的袍，手里拿着一篮的花。我在这黎明的静谧里，站在到寺院去的寂寞的路旁的树荫下面，头低垂着。

第二十三首

我爱这沙岸，这个地方有些寂静的池沼，鸭子在那里呷呷地鸣着，龟伏在日光底下曝着；黄昏时，有些飘游的渔舟，藏在茂草中间。

你爱那有树的对岸，那个地方，阴影聚在竹丛的枝上；妇人们捧了水瓶，从弯曲的小巷里出来。

同是这一条河，在我们中间流着，它对它的两个岸，唱的是同样的歌。我在星光底下，一个人躺在沙上，静听着水声；你也在早晨的光明里，坐在斜坡的边上，静听着。然而我从它那里听得的话，你却不知道，而它向你说的密语，对于我也永远是一个神秘。

第二十五首

我握住你的双手，我的心跃入你眼的黑睛里，寻求你这永远避我而逃出于言语之外者。

　　然而我知道我必须满足我的带着变动与易灭的爱情。因为我们有一回曾在街道的当中遇见。我有力量带你通过这个许多世界的群众，经过这个歧路百出的旅程么？我有食粮能供给你经过架着死亡之桥的黑暗的空罅么？

第二十八首

　　我梦见她坐在我头的旁边，手指温柔地在撩动我的头发，奏着她的接触的和谐。我望着她的脸，眼泪颤莹着，直到不能说话的痛苦烧去我的睡眠，如一个水泡似的。

　　我坐了起来，看见窗外的银河的光辉，如一个着火的沉默的世界，我不知她在这个时候，有没有和我做着同韵律的梦。

第二十九首

　　我想，当我们的眼光在篱间相遇时，我曾和她说了话。但她走过去了。而我对她说的话，却如一只小艇，日夜在时间的每一个波浪上冲摇着。它似乎在秋云上驶行着，在不止地探问着，又似变了黄昏的花朵盛开着，在落照中寻求它已失的时间。我对她说的话，又如萤火似的，在我心上闪熠着，于失望的尘中，寻觅它的意义。

第三十首

春花开放出来，如不言之爱的热烈的苦痛。我旧时歌
声的回忆，随了他们的呼吸而俱来。我的心突然地长出欲
望的绿叶来。我的爱没有来，但她的接触是在我的肢体上，
她的语声也横过芬芳的田野而到来。她的眼波在天空的忧
愁的深处；但是她的眼睛在哪里呢？她的吻香飞熠在空气
之中，但是她的樱唇在哪里呢？

第三十一首

花园（译 Satyendranath Datta 彭加尔文[①]原作）

我的花如乳，如蜜，如酒，我用一条金带把他们结成了一
个花圈，但他们逃避了我的注意，飞散开了，只有带子留着。

我的歌声如乳，如蜜，如酒，他们存在我跳动的心的韵
律里，但他们，这暇时的爱者，又展开翼膀，飞了开去，我
的心在沉寂中跳动着。

---

① 编者注：即孟加拉文。

我所爱的美人，如乳，如蜜，如酒，她的唇如晨间的玫瑰。她的眼如蜂一般的黑。我使我的心静静的，只怕惊动了她，但她却也如我的花，我的歌一样，逃避了我，只有我的爱情留着。

第三十二首

有许多次，春天在我们的门上敲着门，那时，我忙着做我的工，你也不曾答理他。现在，只有我一个人在那里，心里病着，而春天又来了，但我不知道怎样才能叫他从门口回身转去。当他走来而欲以快乐的冠给我戴时，我们的门是闭着，但现在他来时所带的是忧愁的赠品，我却不能不开门给他走进了。

第三十六首

我的镣铐，你在我心上奏着乐。我和你整日的游戏着，我把你当了我的装饰品。我们是最好的朋友，我的镣铐。有些时候我惧怕你，但我的惧怕使我爱你更甚。你是我漫漫黑夜的伴侣，我的镣铐，在我和你说再会之前，我向你鞠躬。

第三十八首

我飘浮在上面的川流，当我少年时，是迅速而湍急地流着。春风微微地吹拂着，林花盛放如着火；鸟儿们不停不息地歌唱着。

我眩晕地急驶着，被热情的水流所带去；我没有时间去看，去感觉，去把全世界拿到我身里来。

现在，那个少年是消失了，我登到岸上来，我能够听见万物的深沉的乐音，天空也对我开展了它的繁星的心。

第四十二首

你不过是一幅图画而不是如那些明星一样的真实，如这个灰尘一样的真实么？他们都随着万物的脉息而搏动着，但你则完全固定着于你的静定的画成的形象。

你以前曾和我一同走着，你的呼吸温暖，你的肢体吟唱着生命之歌。我的世界，在你的语声里找到它的说话，用你的容光来接触我的心。你突然地停步不进了，伫立在永久的荫旁，剩我一个人向前走去。

生命如一个小孩子，它笑着，一边跑着，一边喋喋地谈着死；它招呼我向前走去，我跟随着那不可见地走；但你立在那里，停在那些灰尘与明星之外，你不过是一幅图画。

不，那是不能够的。如果生命之流在你那里停止了，那么它便也要停止了滚滚的河流，便也要停止了具有色彩绚烂的足音的黎明的足迹了。如果你的头发的闪熠的微光在无望的黑暗中暝灭了，那么夏天的绿荫也将和她的梦境一同死去了。

我忘了你，这会是真的么？我们匆匆地不返顾地走着，忘了在路旁的篱落上开着的花。然他们不觉地呼吸地进入我们的遗志中，充满它以乐音。你已离开了我的世界，而去坐在我的生命的根上，所以这便是遗忘——回忆迷失在它自己的深处。

你已不再在我的歌声之前了，但你现在与他们是一个。你偕了晨光的第一条光线而到我这里来。到了夕阳的最后的金光消失了，我才不见了你。就是这时以后，我也仍在黑暗中寻求你。不，你不仅仅是一幅图画。

第四十三首

当你死的时候，你对于我以外的一切，算是死了，你算是从世界的万物里消失不见了。但却完全地重生在我的忧愁里。我觉得我的生命完成了，男人与女人对于我永远成了一体。

第四十五首

偕了美丽与秩序到我的艰苦的生命里吧，妇人，当你生时，你曾偕过他们到我的屋里。请扫除掉时间的尘屑，倒满了空的水瓶，备补了所有的疏忽。然后请打开了神庙的内门，燃了明烛，让我们在我们的上神之前沉默地相遇着。

第四十八首

我每天走着那条旧路。我偕果子到市集里去，我牵我的牛到草地上去，我划我的船渡过那条河水，所有这些路，我都十分熟悉。

有一天清晨，我的篮子里满装了东西。许多人在田野里忙着，牧场上停息着许多牛；地球的胸因喜米谷的成熟而扬起着。

大气中突然起了一阵颤动，天空似乎和我的前额接吻。我的心警醒起来，如清晨之跳出于雾中。

我忘记了循原路走去。我离开原路走了几步，我看着我的熟悉的世界，而觉得奇异，好像一朵花，我以前所见的仅是它的蓓蕾。

我日常的智慧害了羞。我在这万物的仙国里飘游着。我那天清晨的失路，寻到我的永久的童年，可算是我生平最好的幸运。

第五十首

孩子（译 Dwyendralal Roy 的彭加尔文 [①] 原作）

"来，月亮，下来吻我爱的前额。"母亲这样地说着，她抱她的小女孩子在她的膝上，那时，月亮如在梦着似的微笑着。夏天的微香在黑暗中偷偷地进来，夜鸟的歌声也从檬果林的阴影密蔽的寂静里送过来。在一个远处的村间，从一个农夫的笛里，吹起了一阵悲哀音调的泉源，年轻的母亲，坐在土阶上，孩子在她的膝上，温柔地呻唔道："来，月亮，下来吻我爱的前额。"她有时抬头看天上的光明，有时又低首看在她臂间的地上的光明，我诧异着月亮的恬静。

孩子笑着，学着她母亲的话："来，月亮，下来。"母亲微笑着，明月照彻的夜也微笑着，我，做诗的人，这孩子的母亲的丈夫，隐在看不见的地方，凝视着这幅图画。

第五十一首

早秋的时节天上没有一片云。河水溢到岸沿来，冲刷着

---

① 编者注：见 169 页注。

立在浅水边的倾侧的树的裸根。长而狭的路，如乡村的渴舌，没入河水中去。

我的心满盈盈的，我四围观望着，看着沉默的天空，流泛的河水，觉得快乐正在外面展延着，真朴如儿童脸上的微笑。

第五十七首

这个秋天是我的，因为她在我心头震撼着。她的闪耀的足铃在我的血管里丁零的响着，她的雾色的面幕，扰动着我的呼吸。我在所有我的梦中知道她的棕色头发的接触。她出外在颤抖的树叶上，那些树叶在我的生命的脉搏里跳舞，她的两眼从青的天空上微笑着，从我那里饮啜他们的光明。

歧　路

第十二首

我的心呀，紧紧地握住你的忠诚，天要黎明了。

"允诺"的种子已经深深地埋在土里，不久便要发芽了。

睡眠如一颗蓓蕾，将要向光开放它的心，沉静也将找到它的声音。

你的担负要变成你的赠赐，你的痛苦也将烛照你的道路，这日子是近了。

第十六首

你黎明时走到我的门口，唱着歌；我从睡梦中被你惊醒了，我很生气，你遂不被注意的走开了。

你正午时走进门来，向我要水喝；我正在做事，我很恼怒，你遂被斥责地走出了。

你黄昏时，带了熊熊的火炬走进来。

我看你好像是一个恐怖者；我便把门关上了。

现在，在夜半的时候，我孤寂地坐在黑漆漆的房里，却要叫被我斥走的你回来了。

第二十首

天色晦暝，雨渐沥的下着。

愤怒的电光从破碎的云幕里射下来。

森林如一只囚在笼中的狮子，失望地摇着鬣毛。

在这样的一天，在狂风虎虎地扑打他们的翼膀的中间，让我在你面前找到我的平安吧。

因为这忧郁的天空，已荫盖着我的孤独，使你与我的心的接触的意义更为深沉。

第七十七首

"旅客，你到什么地方去？"

"我沿着林荫的路，在红色的黎明中，到海里沐浴去。"

"旅客，那个海在什么地方？"

"它在这个河的尽处，在黎明开朗为清晨的地方，在白昼没落为黄昏的地方。"

"旅客，同你一块儿来的有多少人？"

"我不知道怎样去数他们。

他们提了点亮了的灯，终夜在旅行着，他们经过陆与水，终日在歌唱着。"

"旅客，那个海有多少远近？"

"它有多少远近，正是我们所都要问的。"

"它的波涛的澎湃，涨泛到天上，当我们静止不言之时。

它永远的似乎在近，却又在远。"

"旅客，日光是灼炀的热。"

"是的，我们的旅路是长而艰难的。"

"谁精神疲倦了，便歌唱？谁心里懦怯了，便歌唱？"

"旅客，如果黑夜包围了他们呢？"

"我们便将躺下去睡，直睡到新的清晨偕了它的歌声而照耀着及海的呼唤在空中浮泛着时。"

吉檀迦利

六

撷取了这朵小花，不要迟延！不然，我恐怕它便要落在地上了。

它也许不能被织在你的花圈里，但请荣它以这个：从你手的痛苦的接触里，把它撷了下来。我恐怕在我警醒以前，太阳便要下去，祈祷的时间便要过去了。

虽然他的颜色不深，它的芬香不烈，请把它取来用，及时的撷了它下来。

七

我的歌去掉她的装饰品，她不宝贵那衣服与饰物。装饰品要阻碍我们的联合；他们要横梗在我和你的中间；他们的叮当声，会掩掉你的微语。

我的诗人的虚荣，在你面前，羞耻得死了。呵，诗人的主，我坐在你的足下。请你只要使我的生命简单而正直，如一管芦笛，被你贯注以音乐。

八

那个孩子穿了皇子的衣服，颈上戴了宝石圈，在游戏时什么快乐都失掉了；他的服饰一步步阻碍着他。

他怕衣服受破损，又怕被尘土玷污了，只好他自己与世界避开，甚且怕走动。

母亲，你的饰品的束缚，如果使人离开地球上有益的尘土，如果剥夺了他进日常人类生活的大市场的权，这是没有好处的。

十

这里是你的足凳，你足所放的地方，就是那最穷苦的，最下等的以及迷途者所住的。

当我想对你鞠躬时，我的敬礼竟不能下达于那深处，那最穷苦的，最下等的以及迷途者的中间，你的足所放的地方。

骄傲永不能接近于那个地方，你穿了谦抑之服，在最穷苦的，最下等的以及迷途者走着的地方。

我的心永不能找到他的路走到你与无伴侣的最穷苦的，最下等的以及迷途者为伴侣的地方。

二十三

我的朋友，你是在这个雷雨之夜，动身上你的爱的旅行么？空中如失意的人一样，隆隆地呻吟。

我在今天晚上，一些没有睡着。时时开着门向黑暗中张望，我的朋友！

我看不见一些东西在我的面前。我奇怪什么地方有你的道路。

从什么黑如墨水的河的阴惨之岸，从什么蹙额皱眉的森林的遥远之边界，或从什么幽暗的迷路之深处，你引延你的道路，向我走来，我的朋友？

二十五

你没有听见他的寂静的足音么？他走来，走来，永远地走来。

每瞬间，每时代，每日，每夜，他走来，走来，永远地走来。

我以心的许许多多模式，唱了许许多多乐歌，但是他们所有的乐音，只是说："他走来，走来，永远地走来。"

在四月晴朗、香气馥郁的时候，他由绿荫中的小径走来，走来，永远地走来。

在七月之夜，阴雨忧郁的时候，他在雷声轰轰的云车里走来，走来，永远地走来。

在忧思不展，愁情重叠里，他的足步踏过我心上；这是他足的"金化力"（Go1den touch）使我的快乐重复照耀。

七十六

呵，我的生命的主，我能每日面对面地站在你前么？啊，一切世界的主，我能合掌地，面对面地站在你前么？

在你的孤独沉寂的伟大的天空底下我能以谦卑之心面对面地站在你前么？

在你的为苦作及竞争所骚乱的劳动的世界里，我能于匆忙的人群中，面对面地站在你前么？

当我在这世界上的工作完结时，呵，王中之王，我能单独地，无言地，面对面地站在你前么？

九十二

我知道这个时候将要到了在那个时候，我将不能见此世，生命也将沉默地别去，引上最后的幕幔在我的眼上。

星光在夜里还是照着，早晨也如前的升出来，时间如沧海波涛一样的逝去，抛掷了快乐与痛苦。

当我想到我的瞬间的这个结果，瞬间的栅围破了，我由死的光里，看见你的世界与他的不注意的宝物。他的最低的座席是尊贵的，最卑的生活是尊贵的。

我所求之不得之物，与我所已得之物——让他们逝去。其使我只真实的有我一向所轻蔑，所不注意的东西。

九十四

在我离别的这个时候，希望我的幸运，我的朋友！天为曙光所映，泛出红色，我的路径很美丽地横在那里。

不要问我所带的有什么东西。我上我的行程只有空手与盼望之心。

我带上我的结婚用的花圈。我的衣服不是旅人的柿色之衣，途中虽有危险，但总没有忧惧在我心里。

我的海行终止时，夜里的星光已出，薄暮的乐曲底惆怅之音也起于王宫的门里。

一百〇一

在我的生命里，永久以我的诗歌寻求你。他们导我自此家至彼家，因他们，我乃见我自己，乃寻求并接触我的世界。

我的诗歌教我一切我所会学的功课，他们示我秘密之路径，他们带了许多星光到我的眼前，在我心的水平线上。

他们终日导我到苦乐之国的神秘里去，最后在暮色里，我行程已终止的时候，他们又导我到哪一个宫门里去呢？

一百〇二

我在众人中夸口，说我是知道你的。他们在我的一切著作里，看见了你的影像。他们走来问我："他是谁？"我不知道怎样回答他们。我说："我实在不能说出。"他们责备我，轻蔑地走去。你微笑地坐在这里。

我把你的故事，置于永久不灭的歌里。秘密自我心中涌出。他们来问我："告诉我你的一切命意。"我不知道怎样回答他们。我说："呵，谁知道他们的命意所在！"他们微笑，极轻蔑地走去。你微笑地坐在这里。

一九二○年，七月，旧译

世 纪 末 日

一

这个世纪的最后的太阳,在西方的血红的云与嫉忌的旋风中落下去了。

各个国家的自私的赤裸裸的热情,沉醉于贪望之中,跟了钢铁的相触声与复仇的咆哮的歌声而跳舞着。

二

饥饿的国家,它自己会由自己的无耻的供养里而暴烈地愤怒地烧灼起来。

因为它已把世界做了它的食物,而舐着,嚼着,一口气吞了下去。

它膨胀了,又膨胀了。

直至在它的非圣洁的宴会中,天上突然落下武器,贯穿了它的粗大的心胸。

三

地平线上所现的红色的光，不是和平的曙光，我的祖国呀。

它是火葬的柴火的光，把那伟大的尸体——国家的自私的心——烧成了灰的，它已因自己的嗜欲过度而死去了。

你的清晨则正在东方的忍耐的黑暗之后等待着。

乳白而且静寂。

四

留意着呀印度，

带了你的信仰的祭礼给那个神圣的朝阳。

让欢迎它的第一首颂歌在你的口里唱出。

"来吧，和平，你上帝自己的大痛苦的女儿。

带了你的浃意的宝藏，强毅的利剑，

与你的冠于前额的温和而来吧。"

五

不要羞馁，我的兄弟们呀，披着朴素的白袍，站在骄傲与威权之前。

让你的冠冕是谦虚的，你的自由是灵魂的自由。

天天建筑上帝的座位在你的贫穷的广漠的赤地上，而且要知道，庞巨的东西并不是伟大的，骄傲的东西并不是永久的。

汉译文学名著

第一辑书目（30种）

伊索寓言 〔古希腊〕伊索著 王焕生译

一千零一夜 李唯中译

托尔梅斯河的拉撒路 〔西〕佚名著 盛力译

培根随笔全集 〔英〕弗朗西斯·培根著 李家真译注

伯爵家书 〔英〕切斯特菲尔德著 杨士虎译

弃儿汤姆·琼斯史 〔英〕亨利·菲尔丁著 张谷若译

少年维特的烦恼 〔德〕歌德著 杨武能译

傲慢与偏见 〔英〕简·奥斯丁著 张玲、张扬译

红与黑 〔法〕斯当达著 罗新璋译

欧也妮·葛朗台 高老头 〔法〕巴尔扎克著 傅雷译

普希金诗选 〔俄〕普希金著 刘文飞译

巴黎圣母院 〔法〕雨果著 潘丽珍译

大卫·考坡菲 〔英〕查尔斯·狄更斯著 张谷若译

双城记 〔英〕查尔斯·狄更斯著 张玲、张扬译

呼啸山庄 〔英〕爱米丽·勃朗特著 张玲、张扬译

猎人笔记 〔俄〕屠格涅夫著 力冈译

恶之花 〔法〕夏尔·波德莱尔著 郭宏安译

茶花女 〔法〕小仲马著 郑克鲁译

战争与和平 〔俄〕列夫·托尔斯泰著 张捷译

德伯家的苔丝 〔英〕托马斯·哈代著 张谷若译

伤心之家 〔爱尔兰〕萧伯纳著 张谷若译

尼尔斯骑鹅旅行记 〔瑞典〕塞尔玛·拉格洛夫著 石琴娥译

泰戈尔诗集：新月集·飞鸟集 〔印〕泰戈尔著 郑振铎译

生命与希望之歌 〔尼加拉瓜〕鲁文·达里奥著 赵振江译

孤寂深渊 〔英〕拉德克利夫·霍尔著 张玲、张扬译

泪与笑 〔黎巴嫩〕纪伯伦著 李唯中译

血的婚礼——加西亚·洛尔迦戏剧选

〔西〕费德里科·加西亚·洛尔迦著 赵振江译

小王子 〔法〕圣埃克苏佩里著 郑克鲁译

鼠疫 〔法〕阿尔贝·加缪著 李玉民译

局外人 〔法〕阿尔贝·加缪著 李玉民译

图书在版编目(CIP)数据

泰戈尔诗集:新月集·飞鸟集/(印)拉宾德拉纳特·泰戈尔著;
郑振铎译.—北京:商务印书馆,2021(2023.6重印)
(汉译世界文学名著丛书)
ISBN 978 - 7 - 100 - 20207 - 7

Ⅰ.①泰… Ⅱ.①拉… ②郑… Ⅲ.①诗集—印度—现代
Ⅳ.①I351.25

中国版本图书馆 CIP 数据核字(2021)第 152951 号

汉译世界文学名著丛书
泰戈尔诗集
新月集·飞鸟集
〔印度〕泰戈尔 著
郑振铎 译

商 务 印 书 馆 出 版
(北京王府井大街36号 邮政编码100710)
商 务 印 书 馆 发 行
北京市十月印刷有限公司印刷
ISBN 978 - 7 - 100 - 20207 - 7

2021年10月第1版 开本850×1168 1/32
2023年6月北京第3次印刷 印张6⅛
定价:39.00 元